A História é uma das disciplinas do saber a que melhor se associam os impulsos do imaginário: o passado revivido como recriação dos factos, e também como fonte de deleite, de sortilégio e, quantas vezes, de horror. A colecção «A História como Romance» tentará delinear, no enredo das suas propostas, um conjunto de títulos fiel ao rigor dos acontecimentos históricos, escritos numa linguagem que evoque o fascínio que o passado sempre exerce em todos nós.

1. *Rainhas Trágicas*, Juliette Benzoni
2. *Papas Perversos*, Russel Chamberlin
3. *A Longa Viagem de Gracia Mendes*, Marianna Birnbaum
4. *A Expedição da Invencível Armada*, David Howart
5. *Princesas Incas*, Stuart Stirling
6. *Heréticos*, Anna Foa
7. *Senhores da Noite*, Juliette Benzoni
8. *Maria Antonieta. O Escândalo do Prazer*, Claude Dufresne
9. *Tragédias Imperiais*, Juliette Benzoni

Tragédias Imperiais

Título original:
Tragédies Impériales

© 2001, Éditions Bartillat

Tradução: Victor Silva

Revisão: Luís Abel Ferreira

Capa de José Manuel Reis

Ilustração de capa: SuperStock / Casa da Imagem

ISBN: 978-972-44-1347-1

Depósito Legal nº 261599/07

Paginação, impressão e acabamento:
MANUEL A. PACHECO

para
EDIÇÕES 70, LDA.
Julho 2007

Direitos reservados para todos os países de língua portuguesa
por Edições 70

EDIÇÕES 70, Lda.
Rua Luciano Cordeiro, 123 – 1º Esqº - 1069-157 Lisboa / Portugal
Tel.: 213190240 – Fax: 213190249
e-mail: geral@edicoes70.pt

www.edicoes70.pt

Esta obra está protegida pela lei. Não pode ser reproduzida,
no todo ou em parte, qualquer que seja o modo utilizado,
incluindo fotocópia e xerocópia, sem prévia autorização do Editor.
Qualquer transgressão à lei dos Direitos de Autor será passível
de procedimento judicial.

Juliette
BENZONI

TRAGÉDIAS IMPERIAIS

Para Alexis Ovtchinnikoff
o amigo de tantas horas difíceis...
Com ternura

«Apenas as pérolas brilham sobre a Coroa.
Não vemos as dores...»

FRIEDRICH SCHILLER

Depois de Waterloo...

As últimas rosas de Malmaison

A sombra de Waterloo acabava de cair sobre a incrédula cidade de Paris. Fazia calor e com esse clima pesado que os abafava, os parisienses começavam a procurar com angústia o ar da liberdade.

A 21 de Junho, à oito horas da manhã, Napoleão chegou ao Eliseu, ladeado por Bertrand e Drouot, os ajudantes de campo Corbineau, Gourgaud e La Bédoyère, o estribeiro Canisy e o secretário-adjunto Fleury de Chaboulon. O imperador estava com uma palidez de cera e respirava com dificuldade. O rosto estava abatido, os olhos embaciados. Olhou para aquele punhado de homens solícitos à sua volta, um grupo muito pequeno a que se juntaram Caulaincourt e Maret, duque de Bassano. Então, com um suspiro que revelava tensão e sofrimento, murmurou: "O exército fez prodígios, mas deixou-se tomar pelo pânico. Perdeu-se tudo... Ney comportou-se como um louco! Massacrar toda a cavalaria... Já não posso mais!... Preciso de repousar durante duas horas para poder retomar as minhas funções..."

Depois, pousou a mão sobre o estômago e confessou:
– Sinto uma pressão!...

Tragédias Imperiais

Deu ordens para que lhe preparassem um banho e voltou à carga:

– Oh! O destino! Três vezes, vi a vitória fugir-me. Se não tivesse havido nenhum traidor, surpreenderia o inimigo, esmagá-lo-ia em Ligny, se a direita tivesse cumprido o seu dever, tal como o teria esmagado em Mont-Saint-Jean se a esquerda tivesse cumprido o seu! Enfim, nem tudo está perdido!...

Ainda acreditava nisso. Acreditava nisso com firmeza e, de facto, talvez nem tudo estivesse perdido se quem dominasse na altura não fosse Fouché e se as Câmaras assustadas não tivessem virado com demasiada facilidade para os Bourbon.

Na verdade, a notícia de que o imperador regressara espalhou-se por Paris e logo todos se reuniam em redor do Eliseu. Confundiam-se gritos e apelos, solicitando a presença daquele que amaram demasiado para que agora acabasse por nada ficar, enquanto no interior do palácio tinha início uma dramática reunião do conselho no decurso da qual, apesar dos protestos violentos de Luciano Bonaparte, foi dito a Napoleão que era preciso que pensasse na possibilidade de abdicar.

Resignou-se dificilmente a esta eventualidade, mas fê-lo realmente, porque, se se retirava, era para deixar o trono ao filho, o pequeno rei de Roma. Dois dias depois, as Câmaras votavam neste sentido.

– Passou-se tudo muito bem! – declarou Regnaud triunfalmente, ao anunciar a Napoleão o voto em questão.

O imperador esboçou um ténue sorriso.

– Se o meu filho reinar em paz eu serei feliz. Não me resta mais nada senão escolher o lugar para onde me vou retirar.

Desde há dois dias que pensava nesta retirada e tinha mesmo discutido o assunto com a rainha Hortense, que tinha acorrido para o acompanhar no Eliseu e desempenhava aqui o duplo papel de uma dona de casa cheia de tacto e de uma filha que amava um pai muito infeliz. Num gesto inspirado,

As últimas rosas de Malmaison

decerto, pelo seu gosto secreto pela tragédia, Napoleão chegou a pensar confiar-se ao sentido da honra que a Inglaterra tivesse. Mas Hortense, bem como o General Flahaut e o duque de Bassano dissuadiram-no energicamente dessa hipótese.

– Não tendes nada a esperar da Inglaterra, *Sire*, a não ser o infortúnio.

Escolheu então a América, que sempre o seduzira. Começou os preparativos de imediato.

Foram muitos os que se ofereceram para o acompanhar e o banqueiro Laffitte foi convocado. Era a incarnação da própria fidelidade e o imperador sabia que ainda podia confiar totalmente nele. Combinou então com Laffitte o depósito de somas importantes que lhe restavam e a abertura de um crédito do mesmo valor nos Estados Unidos. Quanto à travessia do oceano, não oferecia nenhuma dificuldade: na enseada de Rochefort, duas fragatas, a Saale e a Medusa, estavam prontas a ser aparelhadas. Por isso, na noite de 23 de Junho, Napoleão pediu ao governo provisório para que fossem colocadas à sua disposição, e preparados os seus passaportes e os da sua comitiva...

No entanto, em Paris o povo começava a ficar muitíssimo emocionado. Não se deixava enganar por esse suposto reconhecimento de Napoleão II por parte das Câmaras e sabia que era ilusório. Em Gand, os Bourbon aguardavam o momento de regressar. Não seria um imperador de quatro anos sem mais defesa do que uma mãe já interessada noutro amor e, para além disso, sem mais firmeza do que manteiga e os dois ou três grupos de dignitários fiéis que iriam impedi-los de o fazer.

A nobreza e a burguesia, por seu lado, mal disfarçavam que estavam à espera de Luís XVIII, em quem depositavam grandes esperanças. Que o inimigo se aproximasse da capital tinha pouca importância para os que apenas viam nele o regresso

Tragédias Imperiais

aos dias do passado e a completa liquidação da Revolução. Os trabalhos pararam então em toda a parte, as oficinas encerraram e os operários percorriam Paris em bandos imponentes, erguendo bandeiras tricolores e ramos verdes, ao mesmo tempo que gritavam:

– Viva Napoleão II! Viva o imperador! Morte aos realistas! Armas, armas!

Estas multidões tumultuosas iam passando continuamente em frente ao Eliseu. Soldados, federados, mulheres e velhos militares aí se juntavam, gritando todos a plenos pulmões para levar o imperador a lutar ainda, a não se dar por vencido e, sobretudo, a não se deixar manobrar pelo governo provisório, que consideravam uma corja de traidores e de agentes do estrangeiro. Aos olhos do imperador vencido, Paris regressava aos antigos receios e aos antigos gritos da Revolução, que, no entanto, derrubaram um trono.

"Nunca – escreveu mais tarde uma testemunha destas horas ardentes –, nunca o povo que paga e que se bate lhe tinha demonstrado uma maior afeição!"

Todavia, bem entendido, esta afeição demasiado ruidosa não estava ao serviço de Fouché nem do seu governo. Temeu-se que Paris ficasse a ferro e fogo quando os exércitos do czar e do rei da Prússia fizessem a sua entrada na cidade. Solicitaram a Napoleão que se dispusesse a deixar o Eliseu para ter uma estadia mais calma e mais afastada e onde pudesse "esperar tranquilamente que tudo estivesse pronto para a sua partida". O encarregado desta incumbência pouco aliciante foi o marechal Davout.

A entrevista foi dura. O marechal mostrou-se glacial e o imperador não lhe perdoou ter passado tão depressa para o lado mais forte.

– Ouve estes gritos? – disse ele. – Se quisesse colocar-me à frente deste povo que conhece instintivamente as verdadeiras necessidades da pátria, acabaria bem rapidamente com toda esta gente que só teve coragem para me enfrentar quando me viu sem defesa! Querem que me vá embora? Seja! Não vai ser isso que me vai ser mais custoso do que o tudo o resto!

Após destas palavras, estes dois homens que durante tanto tempo lutaram lado a lado, separaram-se sem sequer um aperto de mão...

À noite, ao jantar, Napoleão virou-se para a sua enteada e disse-lhe:

– Quero retirar-me para Malmaison. É contigo [1]. Queres dar-me aí guarida?

As lágrimas humedeceram os belos olhos azuis da ex-rainha da Holanda.

– *Sire* – disse ela –, Malmaison pertencerá sempre à sombra de minha mãe e nela estareis sempre em vossa casa!

Então, mal tendo acabado de jantar, Hortense pediu a carruagem e partiu logo para o pequeno palácio de Rueil para aí preparar tudo para a estadia do imperador.

No dia seguinte à tarde, Napoleão chegou àquela que fora a casa da sua felicidade. Nela nada mudara e quando Hortense, no seu longo vestido branco, o recebeu à porta da grande entrada envidraçada teve, por breves instantes, a impressão que a própria Josefina, a Josefina da sua juventude, deslumbrante e esguia, saíra do seu túmulo para o receber. Foi com os olhos rasos de lágrimas que a fez erguer do seu gesto de reverência e a teve, por um momento, abraçada junto a si.

– Obrigado – disse ele simplesmente –, obrigado minha filha!

Mal chegou, e enquanto a sua pequena comitiva se instalava (estavam ali o grande marechal Bertrand, os generais Gourgaud

---

[1] Este palácio, Hortense herdara-o da mãe, a imperatriz Josefina, que morrera um ano antes, a 29 de Maio de 1814.

Tragédias Imperiais

e Montholon, o camareiro Las Cases, os oficiais às ordens Planat, Résigny e Saint-Yon e mais alguns servidores), dirigiu-se para a biblioteca, sentou-se à escrivaninha de acaju e escreveu a todo o exército uma última proclamação, uma espécie de testamento, que era também um adeus.

"Soldados, acompanharei os vossos passos, embora esteja ausente. Conheço todos os regimentos e não haverá nenhum que alcance vitória significativa sobre o inimigo sem que eu preste justiça à coragem que revelar. Vocês e eu fomos calu-niados. Homens indignos de apreciar o que fizemos viram nos sinais de afeição que me tributastes um zelo que era dirigido só a mim. Que os vossos sucessos futuros lhes façam ver que era a pátria que vocês acima de tudo serviam ao obedecer-me. Salvem a honra e a independência dos Franceses. Napoleão reconhecer-vos-á pelos golpes com que ireis ficar."

Esta página de história tomou logo o caminho do gabinete do presidente do governo provisório para ser comunicado às tropas, que, para Napoleão, eram desde então as do jovem imperador seu filho. Todavia, Fouché temia demasiado que, depois de Paris, também o exército se incendiasse. Leu cui-dadosamente a prosa imperial, meteu-a numa gaveta... e não mais a retirou de lá!

No entanto, as carruagens deixavam Paris e dirigiam-se a Malmaison. Os visitantes afluíam. Vieram em primeiro lugar os irmãos Bonaparte, José, Luciano e Jerónimo, depois o fiel Savary, duque de Rovigo, que fazia questão em seguir o seu senhor no exílio, o conde de La Valette, o duque de Bassano, os generais La Bédoyère, Piré, Caffarelli e Chartran e, por último, o banqueiro Laffitte, a quem Napoleão declarou, emocionado com a indignação que manifestava perante a

As últimas rosas de Malmaison

pressão que a Santa Aliança exercia sobre as decisões do governo provisório:

— Não é a mim precisamente que as potências fazem a guerra, é à Revolução. Elas nunca viram em mim senão o representante dela, o homem da Revolução...

Caída a noite, depois do jantar, tomou o braço de Hortense para dar com ela alguns passos pelo jardim, que nesta época do ano estava cheio de flores. As rosas, as célebres rosas de Malmaison, perfumavam e iluminavam a noite com a sua neve odorífera. O imperador nada dizia. Escutava e respirava aqueles aromas, que eram idênticos aos de um outro tempo repleto de doçuras. Então, subitamente, Hortense ouviu-o murmurar:

— Aquela pobre Josefina! Não me consigo habituar a viver aqui sem ela. Parece-me estar sempre a vê-la sair de uma álea e ir colher uma das flores que tanto amava... Era a mulher que manifestava a graça mais completa que eu jamais vi!

A voz enrouqueceu com estas últimas palavras. Então, Napoleão calou-se e, apertando um pouco mais o braço da jovem, retomou o seu passeio melancólico.

Esperara fazer apenas uma pequena estadia em Malmaison. Não era, segundo ele, senão uma derradeira paragem antes de Rochefort, onde as suas fragatas o esperavam, mas enquanto reclamava sem parar o direito de viajar por estrada, o governo arrastava a sua decisão e tergiversava. Para Fouché esta viagem para a América era tão ilusória quanto a proclamação de Napoleão II como imperador dos Franceses. Por preço algum o antigo membro da Convenção — e antigo ministro da polícia — desejava um Napoleão em liberdade no coração dessa pátria da dita liberdade que eram então os Estados Unidos. Era daqueles que desejavam que estivesse preso com segurança numa fortaleza — nem que fosse para lhe dar uma lição por lhe ter retirado um dia o seu precioso ministério e dá-lo ao

Tragédias Imperiais

"incapaz Savary"! Escreveu então a Wellington para lhe pedir uma espécie de salvo-conduto para as fragatas de Napoleão. Era uma forma como qualquer outra de o avisar do que se preparava, após o que esperou tranquilamente a resposta...

Em Malmaison, Napoleão via passar os dias, que eram ao mesmo tempo doces e febris, reconfortantes e melancólicos. Depois dos homens foi a vez das mulheres irem visitá-lo, aquelas que amara e as muitas que lhe retribuíram. Uma das mais assíduas foi a encantadora condessa Caffarelli. Ela foi o seu Waterloo amoroso, porque, sendo profundamente honesta e ligada ao marido, a linda Juliana repeliu os avanços de um senhor mais seduzido do que era curial pela sua beleza morena. Mas ela teve igualmente inteligência e sensibilidade suficientes para garantir ainda a estima e a amizade do imperador. Era a limpidez do seu olhar franco e o calor da sua amizade que a condessa trazia ao vencido de Waterloo. Nada mais... mas também nada menos.

Também se apresentou a bela Madame Duchâtel. Outrora preceptora de Josefina, inspirara a Napoleão um capricho violento que inquietou bastante a imperatriz. Uma cena meia burlesca meia violenta foi a conclusão desta história e Napoleão acabou por romper a relação por causa das lágrimas de Josefina. No entanto, conservou sempre uma certa ternura por esta mulher jovem, linda, sorridente e doce, que lhe fazia recordar horas tão encantadoras.

Bem entendido, a duquesa de Bassano foi também prestar-lhe as suas homenagens. Depois do divórcio e antes de Maria Luísa entrar em cena, também ela conheceu as alegrias da alcova imperial, tendo ficado com uma recordação bastante substancial delas sob a forma da pasta do ministério dos Negócios Estrangeiros para o seu marido. Todavia, sabia mostrar-se convenientemente agradecida.

As últimas rosas de Malmaison

Uma outra antiga amante apareceu, por sua vez: a Senhora de Pellapra. Marchand, o criado de quarto do imperador, encontrara-a uma tarde, errando em redor de Malmaison, onde não ousava apresentar-se devido à presença de Hortense.

– No entanto, gostaria tanto de ver o imperador! É absolutamente necessário que eu lhe fale de um assunto importante para ele.

O assunto importante era a traição de Fouché, de que a jovem tivera conhecimento mesmo antes de Waterloo e de que avisara o imperador. Desta vez, desejava que ele soubesse dos alarmantes rumores que corriam sobre o comportamento do chefe do governo provisório.

Naturalmente, Napoleão recebeu-a com tanto maior gosto quanto esta mulher alegre e encantadora sempre o divertira. Quando lhe disse o que sabia, afastou por alguns instantes os pensamentos negros que lhe ocorreram, concedendo a si mesmo uns momentos de distracção. Maliciosamente, perguntou à sua visitante:

– Conte-me o que fez depois da minha partida de Lyon. Disseram-me que serviu a minha causa de forma bastante divertida!

A Senhora de Pellapra riu-se e não teve dificuldade nenhuma em lhe contar como, vestida de camponesa, percorrera rapidamente todas as estradas das redondezas e distribuíra insígnias tricolores pelo exército de Ney, que viera inicialmente impedir a marcha de Napoleão em direcção a Paris aquando do seu regresso da ilha de Elba.

– Montada num burro, com uns cestos, fingia ir vender ovos e ninguém pensou em prender-me. Eu ria e passava. Não tinha as senhas, mas respondia aos militares com palavras divertidas e quando chegava junto dos soldados e lhes dava as insígnias que levava, eles gritavam: "Viva a galinha que pôs estes ovos!"

Tragédias Imperiais

Napoleão riu-se pela primeira vez desde há muito tempo e alguns pretendem que nesse dia a Senhora de Pellapra não deixou Malmaison antes da aurora.

A bonita e frívola Éléonore Denuelle de la Plaigne, que lhe deu um filho, não foi a Malmaison, mas o imperador pediu que lhe trouxessem o pequeno Léon, uma criança loura cuja semelhança com o rei de Roma impressionou a rainha Hortense. O rapaz era educado, nessa altura, perto de Paris, num colégio escolhido pelo próprio Napoleão, não se ocupando a sua mãe demasiado com ele.

– Que ireis fazer de Léon? – perguntou Hortense. – Eu posso encarregar-me dele com todo o gosto, mas não pensais que isso equivaleria a contribuir para que me fizessem mal?

– Sim, tens razão. Ser-me-ia agradável saber que estaria junto de ti, mas não deixariam de dizer que é teu filho. Quando estiver na América mandá-lo-ei buscar.

Foi com esta confiança protectora que contemplou a carruagem que levava o pequeno Léon e ultrapassava nesse momento os portões de ferro de Malmaison. Porém, nunca mais veria o filho que se parecia com o rei de Roma!

No entanto, os exércitos dos Aliados aproximavam-se de Paris. Havia recontros entre Nanteuil e Gonesse e Paris estava em efervescência. Tal como se haveria de repetir em 1871, depois da derrota de Sedan e sob o generoso impulso da Comuna, Paris queria bater-se, Paris queria defender-se e não compreendia que Napoleão fosse mantido prisioneiro em Malmaison (não havia outro modo de descrever o que se passava, porque o general Becker, ainda que isso não lhe agradasse muito, recebera ordem de "garantir a segurança de Napoleão") e se perdesse tempo em tagarelices quando o inimigo estava tão próximo. Bandos de operários e de soldados percorriam a cidade com gritos ameaçadores. Faziam-se ouvir apelos às armas e panfletos provocadores eram lançados de noite para

As últimas rosas de Malmaison

junto das portas. O governo provisório, que, por ideia de Fouchet, se preparava para propor o regresso de Luís XVIII, ficou receoso. Se Napoleão permanecesse às portas de Paris, podia esperar-se o pior. Era necessário que partisse. Fizeram-lhe saber que teria de deixar Malmaison e dirigir-se a Rochefort, onde disporia de todo o tempo para esperar pelo salvo-conduto fantasma que nunca ninguém teve intenção de lhe entregar.

Desconfiado, Napoleão recusou partir. Conhecia demasiado bem aqueles com que tinha de lidar para não adivinhar quais eram os seus intentos. Não deixaria Malmaison senão com os seus salvo-condutos.

O pânico crescia em seu redor. Os que acompanhavam o imperador sabiam que Fouchet e os outros estavam já prontos a entregar o seu antigo soberano aos Aliados. Alguns propunham que ficasse preso para sempre, outros, simplesmente, o pelotão de fuzilamento. No entanto, Napoleão recusou ceder, mas instigou Hortense a que o deixasse.

– Eu não temo coisa alguma. Mas tu, minha filha, parte, deixa-me!

Hortense, naturalmente, recusou.

Na manhã de 28 de Junho, o general de Flahaut foi às Tulherias exigir que as fragatas se fizessem ao largo logo que o imperador chegasse a Rochefort e sem esperar os salvo-condutos. Confrontou-se com Davout, incompreensivelmente convertido à política de Fouchet, "de quem era o braço direito".

Uma violenta altercação opôs os dois homens.

– General – gritou Davout –, regressai para junto do imperador e dizei-lhe que parta, que a sua presença nos incomoda, que ela é um obstáculo a qualquer tipo de acordo, que a salvação do país exige a sua partida. Que parta imediatamente, se não, seremos obrigados a mandá-lo prender! Prendê-lo-ei eu mesmo!

Tragédias Imperiais

Flahaut encarou então friamente o marechal e com toda a raiva e o desprezo possíveis retorquiu-lhe:

– Senhor marechal, só quem dá uma tal mensagem será capaz de a entregar. Quanto a mim, não a tomo a meu cargo. E se quem vos desobedecer tem de demitir-se, faço-o imediatamente!

Depois, com o coração desolado, regressou a Malmaison, onde não ousou contar a Napoleão as palavras de Davout "a fim de não aumentar as suas mágoas". Havia, aliás, muita gente junto do imperador. Tinham vindo Madame Mère e o cardeal Fesch, mas também Corvisart, e Talma, e a duquesa de Vicence, e todos os outros que lhe eram fiéis.

Perto do fim da manhã, parou uma carruagem em frente ao palácio. Desceu dela, com um rapazito pela mão, uma mulher em lágrimas: era Maria Walewska, "a esposa polaca", aquela cujo amor fiel nunca cedera, aquela que fora vista na ilha de Elba e, há pouco tempo, nas Tulherias. Napoleão correu para ela e apertou-a nos braços.

– Maria! Como pareces perturbada!

Levou-a para a biblioteca onde ela lhe suplicou longamente, desesperadamente, que fosse para Paris, que reunisse o exército, bem como o povo que pedia a sua presença com grandes gritos e marchasse ao encontro do invasor e que, por fim, se defendesse e, assim, também a capital! Mas ele recusou. Sabia que nada podia contra os exércitos coligados, regulares e disciplinados, tendo do seu lado um exército improvisado, heróico, sem dúvida, mas que seria inutilmente feito em pedaços. Desta vez, o sacrifício e o sangue vertido seriam inúteis e não serviriam senão para entregar ainda mais Paris à vingança do inimigo.

– Não, Maria – disse ele. – É preciso que eu parta! Não porque "eles" o querem... mas porque o devo ao meu filho!

Ela deixou-se cair, sacudida pelos soluços.

As últimas rosas de Malmaison

— Desejava tanto salvar-vos...

Então, tendo chegado um emissário de Paris que o informou que as "duas fragatas" estavam à sua disposição, preparou-se para partir. No entanto, com o inimigo a aproximar-se cada vez mais, não quis fazê-lo sem tentar defender o país. Enviou Becker às Tulherias para pedir para si um mero posto de comando no exército a fim de combater os Prussianos. Desejava morrer de espada na mão... Mas Becker pôde apenas relatar-lhe as palavras furiosas de Fouchet:

— Estará ele a troçar de nós? Não saberemos como iria cumprir as suas promessas se as suas propostas fossem aceites?

Napoleão encolheu os ombros.

— Ainda têm medo de mim! — disse simplesmente.

Então, mudou de roupa, apertou a mão a todos os amigos, beijou Hortense e Madame Mère e depois, mandando abrir o quarto onde morreu Josefina, permaneceu nele durante um longo momento. Quando saiu tinha os olhos vermelhos. Por fim, com um último olhar à casa que até ao seu último suspiro lhe continuou a ser cara, subiu para a carruagem e, com aqueles que escolheu para o seguirem até ao fim do seu destino, tomou o caminho do mar com a esperança de encontrar, para além, o imenso país onde pelo menos lhe restaria o direito de ser um homem livre.

Todavia, a esquadra inglesa estava já ao largo de Rochefort para impedir a saída das duas fragatas tão generosamente cedidas pelo governo provisório. Fouchet trabalhara bem... No fim do caminho não havia senão o navio *Bellerophon* britânico... e Santa Helena.

Chamavam-lhe "Sissi"...

Sissi e o casamento

Quando em 1834 o duque Maximiliano da Baviera comprou o castelo de Possenhofen, situado no belo lago de Starnberg, a trinta quilómetros de Munique, era com a intenção de fazer dele uma casa de Verão para aí alojar uma família ainda em formação, porque na altura só tinha um filho, Luís, nascido em 1831, mas que esperava fazer crescer de maneira substancial.

Possenhofen era (e ainda é) uma construção bastante sólida, flanqueada por quatro torres de ângulo e provida de uma grande quantidade de quartos, mas a sua localização na margem do lago, no meio de colinas arborizadas e de um parque soberbo, que tinha roseirais magníficos, fazia dela um lugar tão cheio de encanto que, pouco a pouco, ultrapassou o palácio de Munique, passando a ser a verdadeira casa de família do núcleo ducal, uma casa que todos adoravam.

Por ordem de aparecimento, o dito núcleo ducal era composto por Luís, de que já falámos, Helena, a quem chamavam "Nênê", que nascera em 1834, algumas semanas após a aquisição do que haveria de ser o "querido Possi", Isabel, a quem chamavam "Sisi" (ou "Sissi"), que nascera na véspera do Natal de 1837 como um presente do céu, Carlos Teodoro,

Tragédias Imperiais

ou "Gackel", que viu a luz do dia em 1839, Maria, nascida em 1841, sem nome familiar conhecido, Matilde, a quem chamavam "Passarinho", por causa da sua fragilidade (1843), Sofia, que só nasceu em 1847, e, por fim, a fechar o cortejo, Carlos Manuel, ou "Mapperl", que apareceu dois anos mais tarde.

Formavam uma família alegre, ditosa, educada um pouco despreocupadamente por um pai que tinha bichos-carpinteiros, mas cheio de ternura, imaginação e dons artísticos, para além de um extraordinário calor humano, e por uma mãe em perpétua adoração pelo marido e pelo filhos, em relação aos quais alimentava muito claramente uma grande ambição. Princesa da Baviera por nascimento, Luísa, ao casar com o seu primo Maximiliano, tivera, talvez, o casamento menos brilhante da sua família, porque, das suas três irmãs, uma era rainha da Prússia, a outra rainha da Saxónia e a mais velha, Sofia, deveria ter sido imperatriz da Áustria, se não tivesse obrigado o marido a abandonar o trono a favor do seu filho Francisco José[2]. O facto de ser duquesa da Baviera não representava de modo algum uma promoção para Luísa, mas, afinal, ela foi, sem dúvida nenhuma, a única a conhecer a felicidade e isto era recompensava suficiente. A duquesa reconhecia-o, aliás, com gosto, o que de modo algum a impedia de sonhar para as filhas destinos menos "caseiros" do que o seu.

Por esta razão, Luísa andou sempre excitada durante a Primavera do ano de 1853. Já há alguns meses, havia trocas de correspondência e até entrevistas entre ela e a sua irmã, a arquiduquesa Sofia, a cabeça da família, para ficar assente o casamento entre o jovem imperador Francisco José e Helena, a filha mais velha de Maximiliano e Luísa.

---

[2] As quatro princesas eram irmãs do rei Luís I da Baviera.

Sissi e o casamento

Havia muito tempo que este projecto tomara forma no espírito de Sofia, que fazia grande questão em acumular junto de si o máximo possível de poder familiar, mas reforçara-se consideravelmente quando o filho, esse inocente, com apenas 22 anos, se atreveu a pensar casar com a filha do príncipe palatino da Hungria, uma princesa muito bela e muito inteligente, que lhe inspirou sentimentos muito fortes. Sofia cortou o mal pela raiz com poucas palavras:

— A Hungria é uma província submetida e assim deve continuar. Seria impossível ter uma húngara a teu lado no trono.

Obedecendo então cegamente à mãe, Francisco José fez calar os seus sentimentos em nome da razão de Estado e não voltou a falar da sua intenção. Aliás, não ignorava as opiniões de Sofia sobre a sua prima Helena e sendo das melhores a reputação da jovem, não via inconveniente de maior em fazer dela sua mulher, se ela era tão bela e encantadora como se dizia... ou, pelo menos, como Sofia dizia!

— Ela é perfeita sob todos os aspectos! – dizia, peremptória, a arquiduquesa.

Perfeita era, sem dúvida. Luísa tivera muito trabalho para que assim fosse. Tinham-lhe ensinado tudo o que uma imperatriz da Áustria deveria saber: diversas línguas, dança, equitação, saber receber, ter à-vontade no meio de uma grande assistência e até a entediar-se com graça, imóvel, durante horas, num sofá que imitava um trono.

Por isso, os preparativos da batalha começaram quando, num belo dia do mês de Junho, depois de ter lido durante o pequeno-almoço familiar uma carta da sua irmã, a duquesa exclamou, radiante de júbilo:

— Alegrem-se meus filhos! A vossa tia Sofia convida-nos, a Nênê, a Sissi e a mim, para irmos a Ischl, no mês de Agosto, para nos encontrarmos. O imperador também irá...

Tragédias Imperiais

Perante esta notícia, Helena enrubesceu de prazer, porque a ideia de casar com Francisco José há muito que lhe sorria, mas Isabel mostrou apenas um entusiasmo desconfiado.

– Carlos Luís também lá vai estar?

O arquiduque Carlos Luís, o irmão mais novo de Francisco José, era o seu galanteador habitual desde que os dois jovens adolescentes se haviam encontrado três anos antes também em Ischl. Trocaram cartas e o jovem príncipe conseguiu mesmo fazer chegar alguns belos presentes – um anel e uma bracelete – à dama dos seus pensamentos, sendo nisso encorajado pela sua mãe, que via com bons olhos, para mais tarde, uma segunda união com uma das filhas da irmã.

– É claro que lá estará! – exclamou Luísa, beijando o seu bebé de quinze anos. – Ficas feliz por voltares a vê-lo?

– Sim, acredito que sim... É muito gentil e gosto muito dele.

Depois destas palavras intensas, procederam aos preparativos para a partida, agindo cada um segundo as suas capacidades: a duquesa e Helena atirando-se aos armários de vestidos com a ajuda da baronesa Wulffen, governanta das princesas, e Sissi precipitando-se para o jardim para dar de comer aos seus animais favoritos e contar-lhes as últimas novidades da casa.

A 15 de Agosto, as três princesas chegaram ao palácio de Ischl[3] com uma hora e meia de atraso, ficando a saber que a arquiduquesa as esperava para o chá na casa imperial. Era uma catástrofe, porque não dispunham de mais do que meia hora... e as malas ainda não haviam chegado. Em contrapartida, o imperador já lá estava.

– Não importa! – disse a duquesa prestes a começar a chorar. – A hora está marcada e nem sequer teríamos tempo

---

[3] A *villa* imperial ainda não pertencia ao imperador, que a alugava.

Sissi e o casamento

de nos mudarmos se as malas já cá estivessem! Precisamos de lá ir tal como estamos.

– Alteza! – exclamou a baronesa Wulffen. – É impossível! Com toda esta poeira!...

– A poeira é uma coisa e o protocolo é outra. Temos de lá ir!

Na *villa*, a arquiduquesa Sofia esperava-as nos seus aposentos. Sossegou a irmã: as meninas estavam encantadoras assim como se apresentavam. Apenas mandaria vir a sua criada de quarto para pentear Helena. Sissi desembaraçar-se-ia com uma simples escova. Dedicaram então todos os cuidados possíveis à opulenta cabeleira negra da Nênê, mas a camareira encarregada da tarefa não pôde deixar de expressar a sua admiração com a beleza da jovem Sissi, e sua cascata brilhante de cabelos castanhos claros, matizados com reflexos dourados e tonalidades ruivas.

Após alguns minutos, as damas da Baviera estavam bastante apresentáveis para enfrentar o chá e o olhar do imperador e dirigiram-se para o salão onde o encontro teria lugar.

O primeiro contacto foi algo solene. Helena, corada, mal ousava erguer os olhos para o imperador de 23 anos que lhe destinavam para marido e este mostrava-se amável, por certo, mas sobretudo contrafeito, porque fazia já as suas comparações com a bela húngara e acabava de verificar que estavam prestes a casá-lo contra a sua vontade. Enquanto examinava Helena, vendo que era certamente bonita, alta, delicada, cheia de distinção e de elegância, não podia deixar de descobrir nela certos traços enérgicos e até duros que não correspondiam ao que esperava.

Mas de repente já não a olhou mais. Atrás dela descobriu uma criatura adorável, um rosto de sonho, dois olhos cheios de estrelas, uma silhueta requintada, uma criança, por certo, mas tão bela, tão sedutora, que só a sua presença bastava para

Tragédias Imperiais

apagar tudo à sua volta, para apagar tudo o que vinha do passado... Desde então já não via senão ela, já não via senão esta deliciosa Sissi, que nem lhe prestava atenção, toda feliz por ter reencontrado o seu amigo Carlos Luís. Ambos tinham pedido permissão para ir passear-se um pouco no jardim.

De súbito, todavia, Sissi apercebeu-se da atenção que Francisco José lhe prestava e ficou imediatamente perturbada, enrubescendo. Extinguiu-se então o seu ar naturalmente alegre, que levara a sua tia Sofia a franzir um pouco o sobrolho. Apegou-se ao seu amigo Carlos Luís como a uma tábua de salvação, porque não ousava olhar para o imperador, cujo olhar sorridente a perturbava sem que soubesse porquê, nem para Helena, em cujo rosto temia encontrar a decepção, uma decepção que era muito fácil de compreender.

Havia mais alguém que estava desiludido e esse alguém era Carlos Luís. Profundamente enamorado da sua linda prima, o jovem arquiduque não se tinha enganado quanto ao significado do olhar do seu irmão e, nessa mesma noite, depois de jantar com a família, disse à mãe com uma dor que mal podia controlar:

– Sissi agradou bastante a Franz, mamã, muitíssimo mais do que Helena. Vai ver, ele vai escolhê-la e não a irmã.

– Estás a sonhar? – disse a arquiduquesa com um encolher de ombros. – Uma menina assim? Seria um desastre.

Talvez procurasse apenas tranquilizar-se, porque tinha um olhar perspicaz. Mas as suas ilusões seriam de curta duração, porque, dois dias depois, quando mal acabava de se levantar e ainda antes de tomar o pequeno-almoço, viu aparecer Francisco José, um Francisco José positivamente radiante.

– Sabe – disse-lhe ele –, Sissi é deliciosa!...

– É para me dizeres isso que me vens perturbar a esta hora?

Sissi e o casamento

– Mil perdões, mamã, mas precisava de o dizer. Ela é adorável, deliciosa.

– Mas se não passa de uma criança!

– É verdade, é muito nova, mas os seus cabelos, os seus olhos, no seu encanto, toda a sua pessoa! Ela é maravilhosa.

– Mas enfim, há a Helena, a Helena que...

– A Helena nada! Helena é encantadora, mas deixa de se ver quando Sissi está presente.

– Vamos, tem calma! Ainda não a conheces. É preciso reflectir. Tens tempo. É inútil apressarmo-nos! Ninguém pede que fiques já noivo.

Mas tentem deter uma torrente impetuosa na sua marcha irresistível! Com um grande sorriso, o jovem imperador abraçou a mãe com ternura e disse-lhe:

– Penso que é preferível não arrastar as coisas. Daqui a pouco vou tentar ver Sissi antes de nos encontrarmos para o jantar.

E ei-lo que parte para o seu extenuante trabalho de autocrata, alimentando a ideia luminosa de um instante de conversa a sós com aquela que era já a sua bem-amada... Infelizmente, não a encontrou e foi com um rosto sombrio e algum nervosismo que tomou lugar à mesa junto de Helena... para quem nunca olhou. A infeliz nem sequer ouviu o som da sua voz. Francisco José só olhava para Sissi, sentada do outro lado da mesa, entre a arquiduquesa Sofia e o príncipe de Hesse.

Por seu lado, muito emocionada com este olhar sorridente que não a abandonava, a jovem não tocou praticamente em nenhum dos pratos que foram servidos, o que surpreendeu o seu vizinho.

– Sissi deve ter decidido que hoje seria dia de jejum – disse ele rindo à arquiduquesa. – Só comeu sopa e salada russa.

Tragédias Imperiais

No dia seguinte, foi oferecido um grande baile na vila imperial, um baile em que todos os que frequentavam a Corte sabiam bem que o cotilhão seria decisivo... todos, excepto Sissi, que se obstinou em ver na sua irmã a futura imperatriz da Áustria, apesar do ar glacial que Helena lhe dirigia.

Quando as duas irmãs apareceram na grande sala, um murmúrio de admiração percorreu a assembleia, mas dirigia-se muito mais a Sissi do que a Helena, embora esta, que envergava um esplêndido vestido de seda branca e levava uma grinalda de hera nos seus cabelos castanhos, fosse de facto muito bela... Mas a sua pequena irmã, como que envolvida numa nuvem de musselina cor-de-rosa e com uma pequena flecha de diamantes nos cabelos, estava irresistível. Quando chegou o momento do cotilhão, foi a ela que Francisco José foi oferecer o ramo de flores tradicional ao convidá-la para dançar.

Todos sabiam que os dados estavam lançados e que acabavam de assistir ao nascimento de uma imperatriz. Foi necessário que a arquiduquesa Sofia apelasse a todo o autodomínio para não revelar o seu descontentamento. Quanto a Helena, foi esconder a sua dor no salão vizinho, um salão deserto.

Não há, de facto, nada mais a acrescentar: no dia seguinte Francisco José foi rogar à mãe que pedisse por ele em casamento a mão da sua prima Isabel, se ela consentisse em casar com ele.

— Suplico-vos, todavia, Senhora, que insista junto da minha tia Luísa para que não exerça qualquer pressão sobre Sissi, porque o meu fardo é tão pesado que, Deus é testemunha disso, não será nenhum prazer partilhá-lo comigo. Quero que lhe digam isso!

— Mas meu querido filho, que ideia é essa de acreditar que uma mulher não estaria feliz por facilitar a tua tarefa com o seu encanto e a sua alegria? No entanto, far-se-á como desejas.

Sissi e o casamento

Nessa mesma noite, a duquesa Luísa, apesar de tudo um pouco inquieta e fortemente comovida, relatava a Sissi o pedido imperial, com todas as cautelas possíveis e executando escrupulosamente a vontade de Francisco José.

– Este casamento, compreendes com certeza, não é possível a não ser que ames Francisco José, que o ames o suficiente para aceitar partilhar com ele uma coroa que é pesada. Tu ama-lo?

– Como poderia não o amar? Todavia, que ideia foi a dele ao pensar em mim? Sou tão nova, tão insignificante. Farei tudo para o fazer feliz... mas será que o conseguirei?... É claro que o amo! Mas se ele não fosse imperador ainda seria mais feliz!

No domingo seguinte, à saída da missa na igreja de Ischl, Francisco José tomou Sissi pela mão, conduziu-a junto do bispo, que acabara de oficiar, e em alta voz solicitou-lhe:

– Excelência Reverendíssima, peço-lhe que nos abençoe! Esta é a minha noiva!

Era o dia 23 de Abril de 1854, véspera do casamento. Através dos vidros de uma janela do palácio de Schönbrunn, Isabel olhava para os jardineiros ocupados com as plantações da Primavera quando viu entrar a condessa Esterhazy, que iria ser a sua primeira dama de honor, carregando dois livros volumosos que depositou sobre uma mesa e quase cambaleando devido ao seu peso.

– Por amor de Deus, condessa, que traz aí?

– Coisas da mais alta importância, Alteza. Quanto a esta primeira obra – e ergueu um grande livro onde havia mais encadernação do que texto – Vossa Alteza terá apenas que percorrer os olhos por ele: é o cerimonial de casamento que é de regra na Casa de Áustria.

Obediente, a futura imperatriz deu-lhe uma vista de olhos e depois começou a rir:

Tragédias Imperiais

– Meu Deus! Que complicação! Vejo aqui "mulheres serc-níssimas e muito seréníssimas", "pajens e caudatários", "damas do palácio e damas dos aposentos..." O que são "damas dos aposentos"?

– São as damas que, ao contrário das que têm as suas grandes e pequenas entradas, não têm o direito de aparecer nos aposentos senão a certas horas e depois de terem sido previamente convidadas.

– Não vejo bem quem poderia ter a ideia de entrar aqui sem ter sido convidado. E esse outro livro?

– Este é muito importante. Vossa Alteza deverá não apenas tê-lo consigo hoje à noite, mas também aprendê-lo de cor.

– De cor? – exclamou Sissi horrorizada. – Mas é enorme!

– Não é assim tanto e está escrito em letras muito grandes. Intitula-se *Muito humildes advertências* e regulamenta o comportamento de Vossa Alteza em todas as cerimónias do seu casamento.

– Cerimónias? Há assim tantas?

Não sem uma certa tensão, devida aos seus 56 anos, a condessa Esterhazy curvou-se numa reverência que se harmonizava bem com a sua fisionomia severa.

– Há muitas, de facto, mas já é bem altura de Vossa Alteza se interessar por elas. Não se deve desposar um imperador como se fosse um mero oficial da guarda e a arquiduquesa Sofia insiste em que Vossa Alteza comece a estudar estes documentos.

A baronesa saiu, deixando Sissi a sós com os rebarbativos alfarrábios, que eram um resumo, bastante desanimador, aliás, da famosa etiqueta austríaca, que os imperadores copiaram da muito espanhola de Carlos V e Filipe II. Virando as costas aos jardineiros e às flores que eles transplantavam, a noiva

38

Sissi e o casamento

atacou corajosamente, mas não sem um suspiro, a sua leitura.

Todavia, à noite, reencontrando o seu noivo no jantar de família, deu-lhe conta, a meia voz, das suas apreensões relativamente à quantidade e às complicações das cerimónias do próximo dia e dos seguintes.

Francisco José riu.

– Isso não vai ser assim tão terrível, vais ver! E quando nos desembaraçarmos dessas maçadas, tu vais ser a minha mulherzinha deliciosa e em breve esqueceremos tudo deste assunto no nosso belo Laxenburg...

Isabel retribuiu-lhe então o sorriso.

– Bem! Se é apenas um momento desagradável que temos de passar, vamos tentar fazê-lo com coragem.

Este momento desagradável teria sem dúvida parecido a qualquer outra jovem uma espécie de apoteose de conto de fadas, porque nenhum espectáculo, por mais fabuloso que fosse, podia igualar em esplendor a Igreja dos Agostinhos de Viena, quando, no dia seguinte, às seis horas e meia da tarde, o cortejo nupcial nela entrou. Milhares de círios faziam brilhar o ouro do gigantesco retábulo, as pedrarias que cobriam as mulheres presentes e as condecorações dos homens. Flores brancas perfumavam a atmosfera, espalhadas um pouco por toda a parte em enormes ramos. Depois, quando ao som dos sinos o imperador pisou o enorme tapete vermelho, fez-se um grande silêncio.

Esguio, elegante, muito alto e muito belo no seu uniforme de marechal-de-campo, o jovem soberano avançou sozinho, caminhando com passo firme para o altar onde o esperava o príncipe-arcebispo de Viena, o cardeal Rauscher. Mas foi uma espécie de suspiro que saudou a aparição de Isabel, caminhando entre a mãe e a arquiduquesa Sofia. Nunca se apresentara noiva mais bela sob as abóbadas da velha capela.

Tragédias Imperiais

No seu imenso vestido branco, bordado a ouro e a prata e guarnecido de mirto, Isabel era de uma beleza comovente. Na garganta, nos braços e nos seus magníficos cabelos castanhos dourados fulgurava o fabuloso conjunto de diamantes e opalas que pertencera à arquiduquesa Sofia e que esta lhe oferecera. Sobre o peito abria-se um ramo de rosas brancas. Por fim, atrás dela, estendia-se interminavelmente o grande véu de preciosas rendas brancas e o futuro marido não pôde reter um sorriso de felicidade ao vê-la avançar para ele... No entanto, estava muito pálida e aparentava uma gravidade que nunca lhe haviam visto. Confrontada pela primeira vez com o fausto esmagador exibido em sua honra, a pequena Isabel acabava talvez de compreender o que significava tornar-se imperatriz da Áustria e a sua emoção era tão visível que não conseguiu evitar um gesto de pavor quando soou lá fora uma salva de artilharia, logo seguida do estrondo dos canhões, no momento em que, com mão firme, Francisco José introduzia o anel de ouro no seu dedo tremente.

O calor daquela mão viril deu-lhe coragem e, erguendo uns olhos cheios de lágrimas para o rosto afectuoso do seu marido, fixou-se nele e conseguiu sorrir. Mas todo o resto da interminável cerimónia se desenrolou para ela como num sonho. Não desejava senão que tudo aquilo acabasse bem depressa para voltar a estar só, bem só e com calma, com o homem coroado que amava com todo o seu coração...

Infelizmente, as festas deveriam prolongar-se por vários dias e, desde o que se seguiria ao seu casamento religioso, Sissi ir-se-ia confrontar com a insuportável etiqueta imperial. Ora, esta etiqueta estipulava que a família tomaria o seu pequeno-almoço em comum todas as manhãs, como qualquer outra família austríaca, e não previa qualquer derrogação para o dia seguinte à noite de núpcias.

Sissi e o casamento

Não se sabe como foi a de Isabel e Francisco José, mas podemos facilmente compreender como deve ter sido penoso, sobretudo para uma adolescente tão indomável como a jovem imperatriz, sair desse leito onde se tornara mulher e encontrar-se na presença da sua sogra e do resto da família em redor de uma mesa prosaica onde era servido café com leite. Os "indecentes" costumes franceses, que previam que o pequeno-almoço fosse tomado na cama, ser-lhe-iam muito mais apropriados e, ainda mais, uma partida imediata, uma vez concluída a cerimónia religiosa, para um local tranquilo e solitário, sobretudo solitário!

Depois de tomado esse malfadado pequeno-almoço, havia ainda uma série de recepções e de cerimónias que era necessário suportar sob a contínua orientação da arquiduquesa Sofia, que decidira tomar a seu cargo a educação imperial da sua nora.

Haveria muito a dizer da arquiduquesa Sofia. Ela aparece na História como a própria incarnação da etiqueta, das severas leis seculares que regiam o comportamento das imperatrizes. Ela é a "sogra" por excelência. Poucos se incomodaram a procurar a verdade acerca desta princesa bávara – mal casada, para além disso, com um homem completamente incapaz de exercer a função de soberano e que vira morrer, mal despontara, o único amor da sua vida, um encantador e infeliz príncipe, conhecido como duque de Reichstadt, o filho do imperador Napoleão I e de Maria Luísa.

Tendo "Frantz" desaparecido da sua vida, Sofia, que não ocultava o desprezo que lhe inspiravam os excessos conjugais de Maria Luísa, a ex-imperatriz dos Franceses, não viveu senão para os seus filhos e para assegurar ao mais velho, Francisco José, a coroa imperial que ela podia ter envergado.

O seu filho, que ela adorava, foi educado e mesmo adestrado para essa tarefa esmagadora de que Sofia não dissimu-

Tragédias Imperiais

lava nem o peso nem os imperativos constrangedores. Foi esta a razão por que, chegado o tempo de lhe escolher uma esposa, se virou para a mais velha das suas sobrinhas, essa Helena, que Sofia, mais do que qualquer outra pessoa, sabia com que cuidados fora educada e tendo em vista também um trono.

O coração de Francisco José, ao escolher a requintada mas indomável Isabel, de modo algum preparada para uma tarefa tão exigente, lançou por terra todos os planos da mãe. Sofia, é claro, aquiesceu: como poderia uma mãe ver sofrer um filho? Mas se aceitou o inevitável, não renunciou por isso a dar à Áustria uma verdadeira soberana e ao filho uma esposa unicamente dedicada a fazê-lo feliz. Em poucas palavras, talvez um pouco duras, decidiu ater-se ao que se lhe oferecia. O problema foi, sem dúvida nenhuma, não ter sido suficientemente diplomática nem ter tido o tacto necessário.

Consciente de ter de lidar com uma criança, tratou a nora como uma garota bastante irresponsável e que bem necessitava de ser convenientemente educada. Por isso, esta mulher, que no trono teria sido talvez uma segunda Maria Teresa, viu-se rebaixada pela história ao estatuto de sogra intolerável, censura que certamente não lhe teria sido dirigida se a má sorte não tivesse querido que a sua nora fosse a mais deslumbrante e a mais romântica das mulheres do seu tempo. Se Francisco José tivesse casado com um qualquer camafeu coroado, ninguém teria sequer imaginado defendê-lo contra Sofia. Mas ousai atacar uma heroína de romance!...

Nos dias que se seguiram ao casamento, Sissi teve a impressão de se ter instalado numa espécie de convento que obedecesse a uma regra severa, um convento de que Sofia fosse a superiora e a sua dama de honor pessoal, a pouco amável condessa Esterhazy, a mestra das noviças. Sobretudo as recepções oficiais pareciam-lhe insuportáveis.

Sissi e o casamento

– Mantém-te direita!... É preciso saudar de forma mais amável!... Não prestaste atenção àquela senhora, pelo contrário foste demasiado amável com aquele senhor... etc. etc.

Era de tal forma enervante que, ao quarto dia, Sua Majestade Imperial decidiu fazer greve. Não, não daria audiência! Não, não iria a nenhuma recepção! Queria que a deixassem em paz e ficar tranquila. Quem ouvira alguma vez falar de uma lua-de-mel que obedecesse a este modelo?

A arquiduquesa bem tentou que alterasse a sua decisão, mas apercebeu-se pela primeira vez que esta criança graciosa talvez tivesse uma vontade de ferro. Aliás, excepcionalmente, o seu marido deu-lhe razão. Também ele desejava um pouco de calma e de falar a sós com ela... Os dois jovens esposos, subindo para uma carruagem, foram tranquilamente passear ao Prater...

Infelizmente, não passou de um intervalo numa lua-de-mel de facto muito estranha. Instalada em Laxenburg, Sissi apercebeu-se passado pouco tempo de que a dita lua-de-mel seria passada mais vezes na companhia da sua sogra que da do seu marido, porque, consciente das suas obrigações, a arqui-duquesa acompanhara o jovem casal na sua estadia neste castelo dos arredores vienenses... e Francisco José, como bom funcionário, voltava a Viena todas as manhãs para cumprir a sua tarefa de imperador.

Totalmente entregue às obrigações do protocolo durante o dia, Isabel consolava-se com os seus animais familiares, pois trouxera alguns de Possenhofen. Passava, por isso, longas horas diante do seu viveiro de pássaros ou então no seu quarto, a escrever versos, ocupação que, é claro, não fazia esmorecer o entusiasmo da arquiduquesa, obstinada, com as melhores intenções do mundo, a fazer surgir desta jovem teimosa uma imperatriz imponente.

43

Tragédias Imperiais

Um dia, cansada de ver o seu querido Francisco partir sem ela para a Hofburg, Sissi manifestou a intenção de o acompanhar. Então Sofia disse-lhe:

– Não é conveniente que uma imperatriz corra atrás do seu marido e salte à sua direita e à sua esquerda como um criadito!

A jovem não fez caso da observação, mas à noite, aquando do regresso, levou uma descompostura que diminuiu bastante o prazer da jornada.

– Eu sou a imperatriz! A primeira-dama do país! – declarou ela, furiosa, à sogra.

– Então comporte-se como tal! Ninguém pensa em contestar esse estatuto, Sissi... desde que proceda de forma a assumi-lo plenamente. Uma imperatriz, minha queridinha, tem, infelizmente, muito mais deveres e obrigações do que direitos. Temo que venhamos a ter muitas dificuldades para lhe fazermos compreender.

Cúmulo do azar: embora a Primavera vienense seja, em geral, deliciosa, esta foi medonha. Durante todo o mês de Maio choveu sempre, transformando o parque de Laxenburg num pântano ou numa pradaria alagada, e como se tratava de um palácio de Verão com meios de aquecimento limitados, a estadia transformou-se em breve numa catástrofe. Sissi apanhou frio, começou a tossir e Francisco José descontrolou-se.

– Ela não pode ficar aqui – disse ele uma noite à mãe. – Não suporto a ideia de saber que está adoentada. Vou mandá-la para Ischl, onde a mãe se lhe pode juntar.

A arquiduquesa encolheu os ombros.

– Podes tentar, mas ficaria surpreendida que conseguisses realizar o que pretendes. Não será de Laxenburg que Sissi se irá recusar a separar-se, mas de ti. Ela queixa-se de que não te vê tanto quanto desejava. E como tu não podes acompanhá-la...

44

Sissi e o casamento

– O que fazer então?

– Por que não aquela viagem à Boémia e à Morávia, que deves aos teus súbditos para lhes apresentares a sua nova soberana? Isso haveria de lhe mudar as ideias... e a mim também! Tu não tens ar de acreditar, meu querido Franz, mas Sissi é a pessoa mais difícil que há no mundo para se vigiar.

Partiram a 9 de Junho com um tempo radioso. Foi verdadeiramente uma viagem maravilhosa, cheia de alegria, de cor e de festas em que o pitoresco dos trajos teve um grande papel e encantou a jovem imperatriz, cuja beleza, aliás, causava admiração e seduzia todos os corações.

Provavelmente, Isabel gostou pela primeira vez do seu papel de soberana. O povo checo encantou-a, mas também aquele incenso de adoração que sentia chegar até si. Para além disso, estava continuamente com o seu querido marido e longe de Sofia: era um antegosto do Paraíso.

Infelizmente, foi preciso, por fim, regressar a Laxenburg, sozinha, aliás, porque manobras na Boémia retiveram aí Francisco José. Porém, passados alguns dias, Sissi recordava com menos prazer essa viagem. Sentia uma lassidão insidiosa, umas ligeiras faltas de apetite...

Isso resultou, naturalmente, do que se imagina, e a 29 de Junho, a arquiduquesa Sofia escrevia ao filho, informando-o de que a imperatriz esperava um feliz acontecimento. No entanto, fiel aos seus estimados princípios, aproveitou a ocasião para informar o imperador de que teria de "dirigir" a sua jovem mulher nas semanas seguintes. Quanto a esta, também teria de mudar a sua conduta noutro plano.

"*Parece-me* – escreveu Sofia com grande gravidade – *que ela não se deveria ocupar dos seus papagaios. Quando nos primeiros meses uma mulher olha demasiado para os animais, os filhos*

Tragédias Imperiais

arriscam-se a parecer-se com eles. Ela deveria antes olhar-se ao espelho e olhar para ti. Eis uma contemplação que não corro o risco de encorajar de mais [...]"

Sempre as boas intenções, aquelas boas intenções com que Sofia, sem sequer imaginar, enchia o infernozinho que era agora o quotidiano da sua nora! Por fim, quando a 5 de Março de 1855 Sissi trouxe ao mundo a sua filhinha, foi sem entusiasmo que aceitou que lhe dessem o nome da arquiduquesa que iria ser a sua madrinha. Como se uma só Sofia não fosse suficiente!...

Infelizmente, à medida que o tempo passava, o fosso que existia entre a arquiduquesa e a nora, pequeno de início, ir-se-ia aprofundando até se transformar num abismo impossível de transpor.

Os pontos de vista das duas mulheres sobre o que deveria ser uma imperatriz da Áustria eram demasiado divergentes, porque Sissi talvez mais não desejasse do que ser esposa e mãe, ao mesmo tempo que evidenciava uma propensão perigosa para reclamar uma liberdade que era incompatível com o seu estatuto. Ora, teve de se resignar a ver os seus filhos – foram quatro – passar para os aposentos da avó praticamente desde que nasceram. Só Maria Valéria, a última a nascer, permaneceu junto de Isabel, depois de uma luta esgotante, que fez nascer na jovem mulher, muito nervosa, um verdadeiro ódio por aquela que considerava ser a sua Némesis pessoal.

Sissi, cuja saúde forçou a uma estadia na ilha da Madeira, reencontrou pouco a pouco o gosto pelas viagens que fora o pecadilho do seu pai, o duque Maximiliano. Preso ao seu gabinete imperial, Francisco José sofreu com isso, mas depois, gradualmente, acabou por se resignar, contentando-se com os momentos maravilhosos que tinha quando a sua bem-amada Isabel consentia em permanecer algum tempo junto de si.

Sissi e o casamento

Sabia ser então uma mulher tão requintada, tão sedutora, que o seu encanto impressionava todos os que, grandes ou pequenos, tinham o privilégio de se aproximar dela...

Talvez tivesse disso demasiada consciência e exagerasse. Mas eram tantos os que não pediam senão para a adorar...

Sissi e o Xá da Pérsia

Viena jamais conhecera uma tal agitação, nem tais multidões, excepto no Verão de 1873. Os soberanos austríacos também nunca foram submetidos a tão rude prova, em particular a imperatriz Isabel, que sentia pelo protocolo e as festas oficiais uma espécie de horror solene e perante as multidões um temor que jamais a abandonaria. No entanto, nunca estivera tão bela, nunca suscitara tamanha admiração e curiosidade do público. Também nunca fora obrigada a estar de forma tão constante em "actuação"...

Tudo começou a 20 de Abril, quando do casamento da sua filha mais velha, Gisela, com o príncipe Leopoldo da Baviera, seu primo. Foi uma grande festa, porque era um casamento de amor. Noivos há mais de um ano, os dois jovens dificilmente puderam aguardar esse tempo de espera imposto por Isabel, que pensava, tendo em consideração a sua própria experiência, que com os seus dezasseis anos a sua filha era demasiado jovem para se casar.

Mas se a noiva, encantadora com a sua coroa e os seus véus brancos, atraía naturalmente os olhares, era sobretudo para a mãe que eles se dirigiam e era esta que vencia todos os su-frágios. Deslumbrante num vestido bordado a prata, com os

Tragédias Imperiais

seus magníficos cabelos de reflexos ruivos encimados por um diadema de diamantes, esta mulher de trinta e cinco anos estava tão longe quanto possível de parecer a "mãe da noiva". Só as lágrimas que lhe afloraram aos olhos quando a jovem pronunciou o "sim" tradicional lhe devolveram, por instantes, a sua condição materna.

Lágrimas rapidamente extintas. Não significava isso que Gisela não lhe era querida (embora tivesse sido educada sobretudo pela arquiduquesa Sofia, que morrera no ano anterior, e preferisse Valéria, a sua última filha), mas sim que esta festa de amor não podia deixar de lhe agradar. Para além disso, foi um casamento alegre, coroado por uma representação do *Sonho de uma Noite de Verão*, à qual, aliás, Isabel assistiu sem grande entusiasmo.

– Nunca hei-de compreender – disse ela, por trás do seu leque, para a condessa Festetics, a sua dama de honor – como se pode escolher para a noite de casamento uma peça onde a princesa se apaixona por um burro!

Mas o príncipe Leopoldo ouviu. Sorrindo, inclinou-se para a sua deslumbrante sogra e retorquiu:

– Será uma alusão a mim?

– Decerto que não, meu amigo! O *Sonho de uma Noite de Verão* é uma penitência obrigatória para quem quer que despose uma mulher da casa de Áustria. Ignoro quem foi o inspirado mestre-de-cerimónias que a terá inscrito obrigatoriamente em todos os programas nupciais.

Os artistas não deixaram de registar, apesar disso, um grande sucesso e as festas de Viena começaram, assim, envoltas em risos e aplausos.

Um mês depois, inaugurada pelo príncipe herdeiro da Alemanha e o príncipe de Gales, teve início a grande Exposição Internacional que faria desfilar em Viena quase tudo o que havia de príncipes, reis e imperadores na Europa. Ao príncipe

50

Sissi e o Xá da Pérsia

Frederico e à princesa Vitória sucederam a imperatriz Augusta, uma boa parte dos príncipes ingleses e os soberanos belgas, holandeses, dinamarqueses e espanhóis. O próprio czar Alexandre II, apesar de ser pouco inclinado para festividades, foi a Viena com uma comitiva importante e um rosto tão grave que se esperou durante muito tempo até o ver sorrir. Porém, era difícil resistir ao encanto de Sissi quando decidia pôr em campo a sua sedução. Depois de dois dias com uma expressão fechada, o czar acabou por declarar alto e bom som que não existia no mundo uma mulher que se pudesse comparar à imperatriz da Áustria. E foi contra a sua vontade que deixou Viena...

Mas foi com o xá da Pérsia que Isabel registou o seu maior sucesso, um daqueles que ficaram a assinalar uma data na carreira da bela dama e que iria ser, de alguma forma, o ponto culminante da Exposição e reduziria as outras visitas reais à condição de obrigações enfadonhas, a tal ponto o soberano oriental introduziu a fantasia no cerimonial rotineiro das visitas coroadas.

Nasir-Al-Din desembarcou em Viena a 30 de Julho com um séquito que era pelo menos tão imponente quanto o do czar, mas que teve a vantagem de ser muito mais pitoresco e de ter espalhado alegria entre os vienenses.

Nesse dia sentia-se um calor opressivo e Francisco José estava cansado. Apesar da sua extrema "consciência profissional", sentia-se sobrecarregado por um mês de cerimónias contínuas, de recepções, de embaixadas, de discursos em todas as línguas e de conversações, diplomáticas ou não. Esse persa, que lhe chegava como espécie de ramalhete final, inquietava-o um pouco.

– Vou dizer que estou doente – confessou à imperatriz. – Como pensas que o persa vai aceitar isso?

– Certamente como uma grave ofensa. Tens uma reputação a defender. Aliás, esse infeliz, que passa a vida a oscilar entre

Tragédias Imperiais

os Russos e os Ingleses, merece bem que nos ocupemos um pouco com ele! Afinal, pode ser que te divirtas mais com ele do que com os outros: dizem que é bastante pitoresco.

Isabel não esperava acertar tanto, mas, por outro lado, enganava-se ao afirmar que Nasir-Al-Din se ofenderia com a doença do imperador, porque, de facto, era ela, e só ela, que interessava o xá.

De facto, ouvira gabar muito a sua beleza e, como grande apreciador das mulheres e estando na Pérsia sempre rodeado das criaturas mais belas do seu país, tinha grande curiosidade em a encontrar.

Foi em Schönbrunn, na noite da sua chegada, quando se apresentou para o grande jantar oferecido em sua honra pelos soberanos austríacos, que se lhe proporcionou a oportunidade.

Para a ocasião, Isabel envergou um vestido branco, cingido, de veludo malva e cuja longa cauda estava bordada a prata. Nos cabelos penteados de forma bastante livre trazia simplesmente um aro de diamantes e ametistas que lhe ficava muitíssimo bem. Um conjunto das mesmas pedras adornava-lhe o pescoço e os braços.

Com estes ornamentos, assistiu de pé, junto do imperador, à chegada do convidado, que aguardava com aquela curiosidade que dedicava espontaneamente a tudo o que era um pouco exótico.

À primeira vista ficou desiludida. Nasir-Al-Din não se parecia de forma algum com o grande Ciro das suas leituras. Pequeno e sobretudo magricela, tinha uma cara parecida com a lâmina de uma faca, atravessada por um bigode negro com um aspecto um pouco mongol. O gorro negro e alto que tinha posto e se prolongava com um fabuloso penacho de diamantes situava-lhe a cabeça a meio caminho dos pés. Quanto à túnica militar que envergava, cingida ao corpo e que se assemelhava vagamente a uma saia, estava tão coberta de galões,

Sissi e o Xá da Pérsia

bordados e condecorações que mal se lhe divisava a cor. Parecia, por um lado, uma árvore de Natal e, por outro, uma personagem de Offenbach.

No entanto, Isabel nem sequer teve tempo de analisar estas impressões. Ao vê-la, Nasir-Al-Din precipitou-se na sua direcção, parou a alguns passos de distância, permaneceu nessa posição por um momento sem se mexer, como que petrificado, e depois, sem prestar a mínima atenção a Francisco José, que abria a boca para pronunciar um pequeno discurso de boas-vindas, tirou do bolso as suas lunetas de ouro, colocou-as sobre o nariz e pôs-se a tornear lentamente à volta da imperatriz, soltando longos suspiros e exclamando várias vezes... e num excelente francês:

– Mon Dieu qu'elle est belle! Mon Dieu qu'elle est belle!

Todos guardavam aquele silêncio que as grandes estupefacções provocam.

Por um breve momento, o xá continuou a girar em torno de Isabel sem parecer notar que o imperador procurava chamar a sua atenção. Foi preciso que Francisco José, que estava imensamente divertido, se tivesse decidido a puxar--lhe pela manga para que consentisse em dirigir-lhe alguns olhares.

– Oferecei o vosso braço à imperatriz, *Sire* – sussurrou o imperador –, e conduzi-a à mesa...

Nasir-Al-Din olhou-o sem parecer compreender palavra alguma do que lhe era dito. Depois, como o imperador lhe repetiu a frase num tom um pouco mais alto, o seu rosto iluminou-se com um grande sorriso:

– Ah sim! Para a mesa!

Pegando então na mão de Isabel, arrastou-a alegremente para a sala de jantar, balançando as suas mãos unidas como faria um apaixonado que passeasse a sua adorada pelo caminho de uma mata e sem, aliás, deixar de a contemplar sequer por

Tragédias Imperiais

um momento e de lhe dirigir grandes sorrisos. Francisco José seguiu-os, dividido entre a vontade de rir e o temor de que a mulher, incapaz de se conter em algumas ocasiões, soltasse um daqueles seus risos descomedidos e irreprimíveis de que possuía o segredo.

Chegaram, no entanto, sem novidade à mesa do banquete. O jantar iria reservar outras surpresas aos soberanos austríacos.

Em primeiro lugar, Sua Majestade persa pensou que não era requerido manter a conversa, preferindo tagarelar na respectiva língua materna com o seu grão-vizir, que se mantinha de pé por trás da sua cadeira. Falava, como parecia evidente, da imperatriz, a quem não deixava de olhar, não prestando a mínima atenção ao que lhe era servido.

De súbito, os criados trouxeram um peixe magnífico, acompanhado de um molho verde em direcção do qual o xá logo apontou o seu longo nariz, fazendo sinal para que se aproximassem.

Examinou a molheira com atenção, cheirando o molho com ar suspeitoso.

– Dir-se-ia que é verdete! – disse ele amavelmente.

– É um molho picante de maionese com mostarda, alho e ervas finas, *Sire* – informou-o Isabel.

– Ah!

Pegando na colher, Nasir-Al-Din encheu-a de molho, provou-o, fez uma careta medonha... e recolocou a colher na molheira com a maior das naturalidades.

– Não gosto nada disso! – disse ele.

Nesta situação embaraçosa, a imperatriz, que lutava para combater o seu riso, preferiu desviar os olhos e contemplar um retrato de Francisco José, que estava pendurado na parede, em frente dela, como se a sua vida dependesse disso.

Não conseguiu manter por muito tempo essa atitude desprendida. Achando que a imperatriz já não se estava a dedicar

Sissi e o Xá da Pérsia

a si suficientemente, o Xá tomou uma taça de champanhe e virando-se para ela sugeriu:

– Brindemos!

A infeliz, quase em lágrimas, teve de pegar numa taça e de reparar a ofensa feita a este vizinho incómodo, que se obstinava a contemplá-la com olhos enamorados. Obrigando-se a cumprir, como devia, o seu papel de dona de casa, verificou lamentavelmente que o seu convidado não tinha comido grande coisa.

– Esta cozinha não me inspira confiança! – confidenciou-lhe atenciosamente o persa.

Mas como nesse momento se aproximava um lacaio levando uma grande taça de prata cheia de morangos, o Xá apoderou-se dela, colocou-a à sua frente com o maior sangue-frio e atacou galhardamente essa fruta da mesa imperial, de que não deixou o mais pequeno pedacinho.

– Disto eu gosto! – epilogou com um magnífico sorriso a exótica majestade.

A conclusão da noite foi encantadora.

Aliás, apesar das suas excentricidades – ou seria por causa delas? –, Nasir-Al-Din despertou o interesse de Isabel. Achava-o original. Aprovava sobretudo a sua liberdade e a sua independência quando verificava que lhe era impossível mostrar-se amável com quem lhe desagradava.

Por isso, quando à saída da cerimónia ofereceu ao imperador o seu retrato envolto em diamantes, todos ficaram encantados, mas os mesmos rostos traíram uma enorme estupefacção quando o Xá ofereceu um outro retrato, idêntico, ao conde Andrassy, que era, sem dúvida, o melhor amigo da imperatriz.

Deram-lhe então discretamente a entender que era hábito distinguir em primeiro lugar os irmãos do imperador.

– Não, não quero – respondeu ele tranquilamente. – Só dou o meu retrato aos que me agradam.

Tragédias Imperiais

E foi impossível fazê-lo ceder... o que levou Isabel a mergulhar numa doce alegria. De súbito, Nasir-Al-Din tornou-se-lhe imensamente simpático e resolveu que devia ir visitar os cavalos favoritos do xá, que este trazia sempre consigo e estavam alojados, tal como ele, no castelo de Laxenburg. A sua paixão pelos cavalos e a amizade, digamos assim, que o seu adorador lhe inspirava alegravam-na com a perspectiva desta visita. Porém, quase não conteve uma expressão de surpresa quando verificou que os três animais mais belos, aqueles a que Nasir-Al-Din honrava com uma afeição particular, arvoravam com orgulho caudas e crinas pintadas de cor-de-rosa.

– Gosto de cavalos e gosto de cor-de-rosa! – decretou Sua Majestade com um tom tão fervoroso que não havia realmente nada que se lhe pudesse acrescentar, tanto mais que o munificente monarca cumulou a sua convidada de presentes sumptuosos.

Infelizmente, ainda que Isabel e mesmo Francisco José se divertissem muito com o seu hóspede, o mesmo não se poderia dizer do resto da Corte e sobretudo do seu elemento mais velho, que achava o xá insuportável.

Era o conde Crenneville, antigo ajudante de campo do imperador, que se tornou o seu primeiro-camareiro. Era um homem já idoso, austero e cheio de arrogância, que aceitou como um dever o encargo de se ocupar pessoalmente do convidado persa.

Infelizmente, o pobre homem julgou morrer de apoplexia quando, tendo de acompanhar Nasir-Al-Din num passeio pelo Prater, numa carruagem descoberta, viu ser-lhe atribuído, não o lugar que esperava, ao lado do soberano, mas o que se encontrava livre junto ao cocheiro, no assento da viatura. Depois, como o sol, demasiado ardente, incomodava Sua Majestade, entregaram-lhe com um magnífico sorriso uma

Sissi e o Xá da Pérsia

grande sombrinha branca, que ele fez educadamente o favor de abrir e manter sobre a sua augusta cabeça.

É inútil acrescentar que logo que voltou ao palácio, Crenneville deu parte de doente, recusando passar sequer mais uma hora junto de um tal estouvado.

O mesmo se passou, aliás, com as velhas senhoras que pertenceram à Corte da arquiduquesa Sofia. A 12 de Agosto, em Schönbrunn, depois da grande festa e do fogo de artifício, quando a condessa Göess, primeira dama de honor, quis, à hora do chá, apresentar-lhe estas veneráveis senhoras, o xá viu a primeira fazer-lhe a reverência e então, olhando horrorizado a fila que o aguardava, voltou-se para a condessa e, com uma careta bastante significativa, disse simplesmente:

– Obrigado! Já chega!

No entanto, não há boa companhia que não tenha algum dia de se ir embora e, assim, chegou o dia da partida de Nasir-Al-Din. No decurso da última reunião nocturna, o persa abriu o coração a Andrassy.

– Parto, lamentando imenso deixar esta "deusa" – disse-lhe ele, olhando para Isabel que passava a alguns passos de distância. – É a mulher mais bela que jamais vi. Que dignidade! Que sorriso! Que beleza... Se alguma voltar será apenas para a rever e lhe prestar as minhas homenagens...

No dia seguinte, às quatro horas da manhã, o Xá fez levantar a condessa Göess para a encarregar de agradecer mais uma vez a Sua Majestade e lhe confessar que a sua imagem nunca mais se apagaria da sua memória...

Nunca mais haveria de voltar e Sissi, depois de se ter rido imenso dele com Francisco José, acabou por esquecer este admirador longínquo.

Sissi e o Dominó Amarelo

Quando não conhecemos ninguém numa cidade onde acabamos de desembarcar, é muito difícil divertirmo-nos, ainda que sejamos envolvidos num maravilhoso baile de máscaras!... Pelo contrário, parece mesmo que a solidão se faz sentir aí ainda com maior crueldade do que no mais silencioso dos quartos.

Na noite de Terça-Feira Gorda de 1874, isso era exactamente o que pensava Frederico List Pacher von Theinburg, um jovem da província de 26 anos que tentava introduzir-se na vida vienense, participando, ou pelo menos tentando participar, no famoso baile da Ópera. Todavia, era demasiado tímido para tomar a iniciativa e abordar alguma das mulheres perfumadas e cintilantes que volteavam em seu redor, escondendo cuidadosamente os seus rostos sob as máscaras de barbas de renda que eram indispensáveis.

Chegara há muito pouco tempo, verdade seja dita, da sua Caríntia natal, chamado pela protecção de um parente que lhe havia conseguido um lugar no ministério do Interior. Fritz, pouco ousado, amando o sonho e a poesia, sendo bastante fechado e sobretudo silencioso, ainda não tivera tempo

Tragédias Imperiais

de fazer amigos, nem sequer relações interessantes. Afinal, ir a este baile não fora uma boa ideia!

No entanto, algumas mulheres poderiam ter-se interessado por ele. Era um rapaz de bela figura e com uma aparência naturalmente elegante. Os traços que a máscara deixava ver eram regulares e finos, a boca sensível, o cabelo negro e encaracolado. Algumas dançarinas lançaram-lhe graças, olhadelas ao passar, esperando que as fizesse parar, mas aquela maldita timidez lá estava sempre a paralisá-lo. Fritz sorria, mas não abria a boca... e a ocasião esfumava-se.

Desencorajado, estava resignado a voltar para casa quando uma mão enluvada pousou no seu braço, ao mesmo tempo que uma voz alegre com uma pronúncia húngara bastante acentuada lhe murmurava ao ouvido:

— Estás muito sozinha, bela máscara! Isso não fica bem num baile. Não estarás a aborrecer-te?

Era uma mulher totalmente envolta num dominó de cetim vermelho e que parecia uma cereja enorme, mas a voz era jovem e, através da renda preta da máscara, Fritz podia adivinhar um sorriso transparente. Devolveu-lhe o sorriso.

— Sim! — confessou ele. — Não conheço aqui ninguém. Preparava-me para me ir embora.

— Não conheces ninguém? É impossível! Toda a gente conhece toda a gente em Viena. Donde saíste tu?

— Da Caríntia e não conheço ninguém em Viena!

— Como isso é romântico! Escuta: já que te aborreces tanto, aceitarás fazer-me o favor que te vou sugerir?

— Claro, se eu puder!

— Não será difícil. Estou aqui com uma amiga. Está lá em cima, na galeria. É uma mulher muito bela, mas muito tímida e um pouco triste. Ela também não se está a divertir. Permites-me que te leve até ela? Vais conseguir, talvez, distraí-la.

60

Sissi e o Dominó Amarelo

Feliz com o convite, Fritz ofereceu o braço à desconhecida e subiu com ela a grande escadaria, alcançando o primeiro andar. Subitamente, o jovem encontrou-se em face de uma mulher faustosamente vestida com um magnífico dominó de brocado amarelo dourado com uma cauda que lhe dava um ar real. Naturalmente, também ela tinha uma máscara negra, mas a renda da sua descia até à garganta e era muito densa para não se lhe poderem divisar os traços fisionómicos.

– Boa noite! – disse ela, agitando lentamente o seu leque. – É muito amável da tua parte teres acompanhado a minha amiga.

Também ela tinha sotaque húngaro, mas a sua voz era muito terna e cheia de amabilidade. De repente, Fritz não tinha nada para dizer. Sem que conseguisse descortinar a razão, esta desconhecida impressionara-o infinitamente mais do que a sua companheira e fizera surgir de novo a sua timidez.

Também ela é húngara, pensou, mas, com certeza, uma grande senhora...

Podemos ser provincianos, mas quando encontramos alguém que pertence a determinados meios, há como que uns sinais que não nos enganam. Bastante mais alta do que o dominó vermelho, a senhora húngara tinha uma atitude e um porte de cabeça absolutamente notáveis. Os cabelos resplandecentes que se podiam ver sob o capuz deviam ser de uma peruca, mas os olhos que brilhavam pelos orifícios da máscara tinham uma expressão perante a qual o novo funcionário se sentia uma criança bastante desajeitada.

A dama pôs-se a rir:

– Não és muito falador, ao que me parece! Queres oferecer-me o braço para irmos passear entre a multidão? Julgo que assim me vou divertir, mas sozinha não tenho coragem.

Tragédias Imperiais

– Terei muito gosto em vos oferecer o braço, Senhora! – murmurou ele, sem conseguir usar o tratamento informal que era a norma do baile.

Havia algo que lhe segredava que com esta mulher tal tratamento seria deslocado. No entanto, era totalmente incapaz de dizer porquê. Inclinou-se ligeiramente.

Uma mão comprida, fina e enluvada em renda preta assentou sobre a sua manga. Houve um perfume muito delicado que se libertou quando a seda do dominó o tocou. De repente, Fritz teve vontade de ser brilhante, alegre, fulgurante, de seduzir e de surpreender esta desconhecida de que adivinhava a beleza.

Ela tagarelava nesse momento como que numa espécie de abandono e ele estava surpreendido por facilmente lhe responder. Todavia, para sua grande surpresa, em breve se apercebeu de que ela não falava de nenhuma daquelas futilidades que são tema num baile. Interrogava-o, perguntava-lhe pelas suas impressões de Viena, o que fazia, o que ouvia dizer à sua volta. Interrogou-o também sobre a família imperial. Que pensava do imperador Francisco José? Concordava com a sua política? E a imperatriz, já a vira?

Fritz respondia o melhor que podia a todas estas perguntas, mas ainda assim um pouco desorientado. Quem poderia ser esta mulher? De súbito, uma ideia louca atravessou-se-lhe no espírito: e se fosse a própria imperatriz?

Ouviu-se a responder, ao mesmo tempo que tentava perscrutar através da renda:

– A imperatriz? Conheço-a de vista, evidentemente, por tê-la visto a cavalo no Prater. É uma mulher de uma beleza maravilhosa. É tudo o que posso dizer. O público censura-a por se mostrar pouco, por se ocupar demasiado com cães e cavalos. Mas engana-se, por certo. Sei, aliás, que esse amor pelos cães e pelos cavalos lhe vem de família. O duque

Sissi e o Dominó Amarelo

Maximiliano, o seu pai, teria dito um dia: "Se não tivéssemos sido príncipes teríamos sido cavaleiros..."

O dominó amarelo riu. No entanto, a estranha impressão de Fritz não se dissipava e como a desconhecida lhe perguntou à queima-roupa:

— Que idade me dás?

... respondeu sem hesitar um instante:

— Trinta e seis anos!

Era a idade exacta da imperatriz Isabel. O efeito foi espantoso. Fritz sentiu tremer a mão da sua companheira, que aliás se afastou de imediato:

— Não és nada educado! — disse ela com um tom de voz irritado, mas logo a seguir, após um silêncio, acrescentou:

— Podes ir-te agora!

Bruscamente a timidez de Fritz desapareceu:

— É muito amável! — disse com um tom irónico...

Depois, utilizando pela primeira vez o costume do baile, acrescentou:

— De início pedes que suba até junto de ti, depois interrogas-me e agora mandas-me embora? Assim seja, vou, se estás enfadada comigo, mas que me seja permitido mesmo assim apertar-te a mão antes de partir.

A dama hesitou um instante, manteve-se imóvel e depois riu de novo.

— Não, tens razão. Continuemos o nosso passeio.

Este durou duas horas, duas horas em que o jovem provinciano, deslumbrado, escutou a desconhecida falar-lhe de imensas coisas. Esta descobriu rapidamente que ele apreciava o poeta alemão Henri Heine, de quem ela era uma apaixonada admiradora. Nas asas da poesia, o tempo esgotou-se depressa.

Passara há muito da meia-noite e o dominó vermelho já se aproximara diversas vezes, como que convidando a amiga a

Tragédias Imperiais

separar-se do jovem, quando, por fim, a dama do dominó amarelo murmurou:

— Sei agora quem tu és. Mas tu, por quem me tomas?

— Por uma grande senhora. Talvez uma princesa. Tudo faz disso prova...

— Não procures saber. Acabarás certamente por me conhecer um dia, mas hoje não. Voltaremos a ver-nos. Poderias ir a Munique ou a Estugarda, por exemplo, se marcasse um encontro contigo? Passo o tempo a viajar.

— Irei a qualquer lado que me ordenes.

— Muito bem. Escrever-te-ei. Agora, leva-me a um fiacre, mas promete-me que depois não regressas à sala.

— Prometo-to. Aliás, sem ti o baile já não teria interesse.

No entanto, quando desciam a grande escadaria que dava para o peristilo da Ópera, sempre escoltados pelo dominó vermelho, Fritz declarou:

— No entanto, gostaria de ver o teu rosto!

Com a ponta dos dedos tentou erguer a renda solta, todavia, mais rápido, o dominó vermelho lançou-se entre ele e a amiga. Depois, como parou um fiacre, empurrou para ele a amiga e, antes que o jovem se recompusesse da surpresa, o carro afastou-se a trote acelerado, enquanto ele permanecia em pé, sobre os degraus, vendo fugir esse sonho espantoso vestido com um dominó amarelo.

Porém, no interior do fiacre, o dominó vermelho deixava-se afundar nas almofadas com um suspiro de alívio:

— Meus Deus, que medo eu tive! Cheguei a pensar que aquele jovem insolente iria desmascarar Vossa Majestade.

— Mas tu sabes sempre guardar-me tão bem! Por outro lado, ele era encantador e eu diverti-me muito, o que não acontece com frequência. Por isso, minha cara Ida, tem a bondade de não ralhares comigo.

Sissi e o Dominó Amarelo

Erguendo finalmente a máscara, Isabel encostou-se nas almofadas e fechou os olhos, enquanto a sua leitora e confidente húngara, Ida de Ferenczi, cerrava os lábios para melhor conter as censuras respeitosas que se aprestava a fazer. Aliás, de nada valeriam. Esta escapadela ao baile mais não fora do que um capricho estranho e igual a outros que a imperatriz por vezes tinha. Gostava de imaginar que poderia ser uma mulher como qualquer outra... e, por outro lado, gostava de provar a si mesma que o seu encanto, irresistível ainda que sob o disfarce de uma máscara, continuava o mesmo, apesar dos seus famosos 36 anos e mau grado também o facto de, desde há dois meses, Isabel já ser avó. Na verdade, a sua filha mais velha, Gisela, casada com o príncipe Leopoldo da Baviera, acabava de trazer ao mundo uma pequena Isabel e a imperatriz passara com ela, em Munique, um começo de ano muito agradável.

Para além disso, o jovem Fritz tivera o condão de lhe agradar, talvez porque a atmosfera de Viena ainda não apagara nele o cheiro das grandes florestas da Caríntia.

Apesar das admoestações inquietas de Ida de Ferenczi, Isabel resolveu escrever a Fritz Pacher von Theinburg. Fê-lo sob pseudónimo, dizendo-lhe que se podia chamar Gabriela – a menos que fosse Frederica. Indicou-lhe até um endereço da posta-restante para que pudesse responder. A sua única concessão à prudência foi dispor as coisas de modo a que as suas próprias cartas nunca aparentassem ter sido expedidas de Viena.

"Estou de passagem por Munique durante algumas horas – escreveu ela – e aproveito para lhe dar o sinal de vida que prometi. Com que angústia o esperou, não o negue. Sei tão bem o que se passa consigo desde essa famosa noite. Falou com muitíssimas mulheres e pensou certamente em divertir-se

Tragédias Imperiais

com isso, mas o seu espírito nunca encontrou a alma gémea. Quer dizer, numa miragem cintilante, encontrou o que procurava há anos, mas, verdadeiramente, para a perder para sempre [...]"

O jovem envolveu-se neste jogo estranho, ainda que um pouco cruel. Respondeu com páginas emocionadas, apaixonadas, páginas que levantavam questões como "Porque continua a fazer de misteriosa comigo, Dominó Amarelo? Gostaria de saber tantas coisas acerca de si..."

Isabel respondeu muito rapidamente, exaltada talvez e contrafeita, devido a essa réstia de amor e de aventura que lhe ficara do baile.

"Já passa da meia-noite no meu relógio. Sonhas comigo neste momento ou lanças à noite cantos nostálgicos?..."

Ida já não estava com ela, porque sentia que a soberana tinha prazer em esquecer a distância que a separava desse pequeno funcionário. Fritz, por seu lado, deixava-se transportar por sonhos insensatos, porque estava quase certo da identidade da sua desconhecida. Para além disso, encontrando um dia a imperatriz numa exposição de flores que se realizou no Prater, sentiu uma aceleração das batidas do seu coração quando ela correspondeu à sua saudação com uma cordialidade mais acentuada do que a que dirigiu aos outros. Então, regressado a casa, ousou escrever ao Dominó Amarelo.

"Não se chama Gabriela, não é verdade? Nem Frederica. Não será antes Isabel?"

Isabel amarrotou a carta com cólera. Este jovem imbecil estragou tudo e agora seria preciso terminar este jogo divertido, mas perigoso, antes que fosse demasiado tarde, antes que resultasse em escândalo ou Fritz cometesse alguma tolice.

Sissi e o Dominó Amarelo

Deixou imediatamente de lhe escrever, partiu para a Inglaterra e esqueceu a sua fantasia sem pensar um só momento no desgosto que lhe ia causar.

O jovem sentiu-se, na verdade, muito infeliz. No baile do Carnaval seguinte, regressou à Ópera, sem lá reencontrar a sua Dominó Amarelo. Voltou mesmo vários anos de seguida, mas a "miragem cintilante" não regressou.

Passaram dez anos. Isabel, mais instável e caprichosa do que nunca, só raramente permanecia em Viena. Procurava fugir a um destino que a oprimia e talvez a si mesma.

Numa noite de 1886, deu consigo a pensar no encantador Fritz depois de ter acabado um poema, como lhe acontecia muitas vezes. Este estava escrito em inglês e decidiu intitulá-lo *O Canto do Dominó Amarelo*. Começava com as palavras *"Long, long ago..."*

A fantasia levou-a a enviá-lo a Fritz e, como nunca resistia aos seus impulsos, escreveu para o antigo endereço. A resposta chegou quase de imediato.

"O que se passou nestes onze anos? Resplandeces ainda, sem dúvida, com a tua orgulhosa beleza de outrora. Quanto a mim, tornei-me um marido respeitável e calvo e com uma filhinha adorável. Se o julgares conveniente, podes sem receio deixar cair o teu dominó e esclarecer por fim esta enigmática aventura, a mais perturbadora de todas as que me foi dado viver [...]"

Se a carta era cheia de delicadeza, infelizmente a que recebeu a seguir estava cheia de uma troça dolorosa. Pedia-lhe que fotografasse a sua "cabeça paternal".

Magoado, respondeu-lhe uma última vez:

"Lamento muito que depois de onze anos ainda julgues útil brincar comigo às escondidas. Retirar a máscara depois

Tragédias Imperiais

de tanto tempo teria sido uma iniciativa simpática e ofereceria um termo adequado à aventura do Carnaval de 1874. Porém, uma correspondência anónima mantida há tanto tempo carece de atractivos. A tua primeira carta deu-me prazer, a última humilhou-me. A desconfiança irrita quem não a merece. Adeus e mil perdões [...]"

Desta vez acabara mesmo. O jogo do dominó amarelo terminara. Nada mais ficaria nos papéis de um senhor que ia envelhecendo, a não ser um pequeno maço de cartas piedosamente conservadas e às quais lançava por vezes um olhar... e um lamento!

Sissi e Catarina Schratt

Era uma bela tarde do Verão de 1884. Uma carruagem, cuja discrição não excluía uma elegância irrepreensível, parou numa *villa* que tinha um jardim florido que descia até às águas azuis do lago Sankt Wolfgang, no Tirol austríaco. Desceu uma mulher grande e magra, que protegia uma beleza sempre deslumbrante sob um chapéu de abas largas e o seu véu, fazendo sinal a outra mulher que a acompanhava para a esperar.

Pouco depois, a ocupante da *villa*, uma célebre e encantadora actriz vienense chamada Catarina Schratt, viu entrar no seu salão a senhora da carruagem, cuja visão de tal modo lhe embargou a respiração que teve de fazer apelo a toda a sua presença de espírito para não esquecer a reverência.

– Senhora! – balbuciou ela. – Não sei como... Que Vossa Majestade me perdoe, mas ver-nos aparecer de repente em minha casa...

– Como uma personagem teatral, não é? Não se incomode, senhora Schratt! Que a minha visita a surpreenda não tem nada de espantoso e peço-lhe realmente desculpa de o fazer assim de improviso, sem a ter prevenido, mas pretendia que fosse deste modo. Posso pedir-lhe agora que se esqueça por

Tragédias Imperiais

algum tempo de que sou a imperatriz e me conceda alguns momentos em que possamos falar como duas mulheres?

– Vossa Majestade confunde-me – murmurou a actriz, que, de facto, corara até à raiz dos seus cabelos louros. – Espero apenas que pretenda algo da minha pessoa e suplico-vos que me diga o que posso fazer em vosso serviço.

– Bem, em primeiro lugar, que se venha sentar aqui junto de mim. Em segundo lugar, repito-o, que não esteja perturbada, porque é em nome do imperador que vim falar consigo. Ele tem por si uma grande amizade... e mesmo afeição, penso eu.

– Senhora! – murmurou Catarina com grande temor – Não sei o que possam ter dito...

– Sobre a vossa amizade? Idiotices, sem dúvida, mas acontece que eu conheço a verdade. Não tema, pois, coisa alguma!

Pouca importância atribuía, de facto, a essa verdade. Alguns meses antes, em Novembro de 1883, o imperador Francisco José, que assistia, no Burgtheater de Viena, a uma representação do drama intitulado *As Mãos de Fada*, reparou em Catarina Schratt, que entrara há pouco tempo para o teatro e que interpretava na peça o papel de Helena. Era uma mulher bonita, de 34 anos, fresca, alegre, amável, muito bem-educada e muito culta, com grandes olhos claros e uma tez cor de pêssego sob um volume exuberante de cabelos castanhos dourados.

O imperador, habitualmente taciturno e frio, quis felicitar a artista pelo seu talento e fê-lo com uma amabilidade que deixou atónito o príncipe de Montenuovo, o austero, rígido e insuportável mestre-de-cerimónias da Corte, para quem o respeito pela etiqueta era uma espécie de missão.

Algum tempo depois, o imperador (que tinha então 53 anos) voltou a ver a actriz no famoso Baile da Indústria, a que toda a Viena deveria assistir. Aí, para grande estupefacção dos que assistiam e dos que o rodeavam, conversou longamente com ela, desencadeando assim uma enorme vaga de intrigas

Sissi e Catarina Schratt

bastante maldosas, mas que de modo nenhum impediram Catarina Schratt de se tornar, de algum modo, a actriz oficial da Corte. Apareceu nos melhores papéis e nas ocasiões mais importantes, como, por exemplo, no sarau que o imperador deu no castelo de Kremsiert em honra do czar e do kaiser. Naturalmente, não houve boca de Viena que não dissesse que se tornara amante de Francisco José, sobre cujo carácter sombrio a sua beleza e o seu encanto pareciam, aliás, agir da forma feliz. Mas foi com uma impaciência de mau augúrio que as bisbilhoteiras espreitaram o regresso da imperatriz, que partira para uma das suas frequentes viagens. Como aceitaria Isabel uma aventura conjugal tão abertamente conhecida?

Era isso exactamente o que a senhora Schrat se perguntava ao contemplar o belo rosto da sua soberana, um rosto perfeitamente sereno e que, para além disso, lhe sorria com gentileza.

– A senhora é encantadora – disse ela. – Sei que a sua alegria e o seu espírito aliviam o imperador do seu trabalho extenuante. Numa palavra, a senhora faz-lhe bem... um bem que eu já não lhe posso fazer! – acrescentou com uma leve melancolia.

– No entanto... – disse suavemente Catarina – o imperador ama profundamente Vossa Majestade. Mais do que tudo no mundo, segundo penso.

– Eu sei, e por meu lado tenho por ele uma ternura infinita. Mas sabe, como toda a gente aqui, que eu detesto Viena, a Corte onde abafo e estes palácios sinistros onde nunca me senti em casa. Fujo tanto quanto posso... e o imperador, que continua preso a eles, está muito só!

Desta vez a actriz não respondeu. Como toda a Áustria, conhecia o carácter fantasioso da imperatriz, o seu receio quase obsessivo de loucura, as suas manias de viajar, os seus excessos no desporto e também os regimes insensatos que se impunha a si mesma quando imaginava que engordara alguns gramas.

Tragédias Imperiais

Durante semanas, Isabel alimentou-se exclusivamente de uvas espremidas e cigarros, mas não deixou por isso de fazer marchas e cavalgadas de uma extensão tal que desencorajaria um soldado endurecido. Era já a imperatriz errante... enquanto aguardava vir um dia a ser a da solidão.

No entanto, também era verdade que o marido mantinha por ela, intacto, o amor dos primeiros tempos do seu romanesco casamento e que sofria por vê-la afastar-se constantemente de si, porque nem um instante ela deixara de ser para ele a adorável Sissi de outrora. Porém, entre estes dois seres tão diferentes havia o império, enorme e esmagador, que mantinha Francisco José preso como um forçado à mesa de trabalho da Hofburg ou de Schönbrunn. Por outro lado, Sissi nunca conseguira satisfazer a sua ânsia de espaço e de liberdade.

Catarina sabia de tudo isso e, no fundo do seu coração bem feminino, dirigia toda a sua simpatia para o imperador, que lamentava. Sabia que se os comportamentos estranhos da mulher nunca conseguiram fazer diminuir o seu amor por ela, por outro lado, também jamais os compreenderia. Aliás, que homem normal os poderia ter compreendido? Para além disso, Francisco José sentia um profundo desejo de tranquilidade, de felicidade simples e serena. Na pele de um fidalgo do campo este homem teria sido completamente feliz. O império fez dele um burocrata picuinhas.

– Não responde? – disse a imperatriz, um pouco surpreendida com o silêncio em que a actriz se mantinha – Isto aborrece-a assim tanto, ou será que perturba a sua vida privada conceder amizade ao imperador?

– Não tenho vida privada, Senhora. Quanto à minha amizade, concedo-a toda ao imperador, se ele a quiser aceitar.

– Então aceita ocupar-se dele... distraí-lo?

– Com todo o meu coração!

Sissi e Catarina Schratt

– Então está bem! Agradeço-lhe sinceramente, senhora Schratt, e deixe-me acrescentar que será sempre com o máximo prazer que a verei no palácio.

A estranha visita terminara. Isabel levantou-se e ofereceu a mão à actriz, que se inclinou profundamente para a beijar. Acabava de ser firmado um pacto entre duas mulheres, um pacto que tinha por finalidade trazer um pouco de descontracção a um homem esmagado pelo seu cargo.

Para dar ao seu acordo uma espécie de consagração oficial e que teria a vantagem de impor silêncio aos palradores, Isabel encomendou ao pintor oficial da Corte, Heinrich von Angeli, um retrato de Catarina Schratt, que desejava oferecer ao imperador. Algumas vezes em que Catarina posava no atelier do artista, ela aqui se deslocava com Francisco José para acompanhar o progresso do trabalho.

A entrega do retrato iria ser ocasião para a primeira das inumeráveis cartas que o soberano haveria de escrever à sua amiga em trinta longos anos de ligação.

"Peço-vos que encareis estas linhas como um sinal de profundo reconhecimento pelo incómodo que teve em posar para este retrato do senhor von Angeli. Mais uma vez, tenho de repetir que nunca teria ousado pedir-vos um tamanho sacrifício e que a minha alegria por este presente precioso é por isso maior ainda.

O vosso devotado admirador."

Carta de amor? Carta de afeição, sobretudo, e nunca desde esta altura Francisco José empregaria a linguagem cheia de ternura que reservava para Sissi. Chamaria a Catarina "muito cara amiga" ou "cara e boa amiga", mas nunca "meu anjo querido", como costumava fazer com a mulher. De tempos a tempos, iria ao ponto de lhe chamar Kathy, mas ninguém se

Tragédias Imperiais

pode vangloriar de ter ouvido entre eles ou lido na sua correspondência um termo que sugerisse uma maior intimidade. Por seu lado, Catarina nunca diria senão *Sire* e Vossa Majestade. No entanto...

Na manhã de 30 de Janeiro de 1889, quando a Catarina tomava o pequeno-almoço na Hofburg em companhia e nos aposentos da condessa Ida de Ferenczi, dama de honor preferida da imperatriz, esta última entrou mais pálida do que um cadáver e, muito depressa, com um voz entrecortada, pediu à actriz para ir o mais depressa possível ter com o imperador que estava "precisado dela". Depois acrescentou num suspiro: "O conde Hoyos acaba de chegar de Mayerling... O meu filho morreu... e com ele a jovem baronesa Maria Vetsera!..."

O drama de Mayerling iria, de facto, conduzir a um estreitamento das relações entre Francisco José e Catarina Schratt. No Verão seguinte, esta alugou em Ischl um vila – a vila Felicitas – que ficava muito perto da imponente residência onde a família imperial tinha o hábito de escolher para temporadas de férias. Em Ischl, Francisco José esquecia-se dos rigores da etiqueta e voltava a ser o caçador apaixonado que sempre fora. Era com uma felicidade sempre renovada que tornava a mergulhar na natureza.

Mal a senhora Schratt se instalou, foi aberta uma pequena porta no muro que dividia as duas propriedades e todas as manhãs se podia ver o imperador, vestido com uma camisa de caça, de botas, com um chapéu de feltro na cabeça, ornado com uma pluma, franquear essa pequena porta e dirigir-se a pé para a *villa* Felicitas, um grande *chalet* de madeira com balcões pintados e trabalhados. No patamar, Catarina esperava-o.

Ela fazia uma bela reverência, depois precedia-o na grande sala onde o pequeno-almoço estava servido. Era um pequeno-

74

Sissi e Catarina Schratt

-almoço que ela mesma confeccionava, porque era uma excelente cozinheira. O imperador lá encontrava o café vienense com natas batidas, o pão do campo, as compotas, os doces de fruta, os ovos e as salsichas finas de que gostava e que a sua anfitriã preparava como ninguém. Comiam então os dois, trocando entre si as novidades da manhã.

Por vezes, Catarina tentava com delicadeza repreender o seu imperial amigo.

– Vossa Majestade trabalha excessivamente! Tem uma cara cansada, mesmo aqui. Deveria dormir mais.

É que, sobretudo após a morte do filho, o imperador dormia cada vez menos. Todas as manhãs, fosse Inverno ou Verão, levantava-se às três horas e trabalhava nos seus assuntos até à hora do feliz pequeno-almoço.

– Tenho de cumprir a minha tarefa, Kathy, e cumpri-la bem! Pelo menos, o melhor que posso.

Depois concedia-se um passeio com a sua amiga, passeio a que Isabel se associava quando lá estava, o que era cada vez mais raro. Mayerling fizera dela uma espécie de grande pássaro negro, enlouquecido e magoado, que errava incansavelmente de uma ponta à outra da Europa.

Os pequenos-almoços de Ischl tornaram-se tão gratos ao imperador que, de regresso a Viena, continuava todas as manhãs a dirigir-se à bela casa da sua amiga em Gloriettengasse. Com uma alegria infantil, comprazia-se a proclamar que ninguém confeccionava como ela o café com leite e as salsichas, o que inspirou ao escritor francês Robert de Flers um dito cruel e de reduzido bom gosto:

– A senhora Schratt é uma dama que amarra o imperador com salsichas!

Era, contudo, uma verdade profunda. Estes momentos de vida burguesa, esta aparência de intimidade que Catarina proporcionava ao imperador, tornaram-se infinitamente preciosos

Tragédias Imperiais

para o soberano. Mas é claro que acabamos por levantar a questão natural: ela foi ou não sua amante?

Todas as más-línguas de Viena estavam convencidas disso. No entanto, a amizade constante de Isabel pela mulher, o afecto que as jovens arquiduquesas manifestavam em relação à senhora Schratt e o respeito evidente que Francisco José lhe testemunhava contrariavam esses falatórios. Podemos supor que nos primeiros tempos a frescura da actriz pudesse ter tentado o imperador privado de amor, todavia, para além de ser impossível afirmá-lo, não pode ter sido mais do que um breve capricho.

Certo, pelo contrário, foi o ódio de algumas personalidades que esta amizade insigne valeu a Catarina. O mais encarniçado foi o príncipe de Montenuovo. Este homem de ideias estreitas, cheio de uma arrogância que superava a de qualquer soberano, foi um dos génios do mal do reinado e uma das causas do exacerbar de muitos problemas familiares dos Habsburgo. Rodolfo sofreu com isso, bem como a imperatriz e, mais tarde, o mesmo sucedeu com Francisco Fernando e o seu casamento morganático, porque era um homem que nunca desarmava.

Enquanto Isabel foi viva, não ousou, porém, fazer sentir demasiado a sua animosidade à senhora Schratt. Mas depois de Sissi ter tombado com a punhalada assassina de Luccheni, deu livre curso à sua maldade. Catarina foi expulsa do Burgtheater por haver recusado uma peça que representava Napoleão I. Infelizmente, o imperador, talvez mal informado, nada fez para defender a sua amiga.

Aliás, cruelmente atingido pela morte da mulher, parecia ter perdido quase toda a vitalidade. A infelicidade abateu-se sobre ele com demasiado insistência. Depois de Isabel, foi o seu herdeiro, assassinado em Sarajevo, de que resultou a guerra. O fim do reinado de Francisco José mergulhava no drama e no sangue...

Sissi e Catarina Schratt

Na noite de 21 de Novembro de 1915, com um telefonema seco e glacial, Montenuovo informou a senhora Schratt da morte do imperador, precisando que era pouco desejável que viesse prestar a sua homenagem aos restos mortais.

Compelida por uma ternura que durava há já 30 anos, ousou ignorá-lo e, levando duas rosas, foi timidamente até à entrada dos aposentos imperiais, prestes a implorar ao mestre--de-cerimónias que a deixasse ver ainda por alguns momentos o seu velho amigo.

Mas não lho pôde pedir. Quem viu aproximar-se foi o novo imperador, Carlos, que, sem uma palavra, mas docemente, veio tomar pela mão aquela senhora já idosa e desfeita em lágrimas para a conduzir junto do féretro, onde ela, soluçando, se deixou cair de joelhos.

O romance tranquilo terminou, mas Catarina Schratt conservaria ainda piedosamente e por longo tempo a sua recordação, porque foi apenas a 17 de Abril de 1940 que se extinguiu aquela a quem os Austríacos acabaram por chamar, com um pouco de ternura, a imperatriz sem coroa...

Sissi e a maldição

A 8 de Outubro de 1849, em Pesth, onde as tropas do príncipe Windischgraetz, apoiadas pelos regimentos russos do czar, afogaram em sangue a Revolução de Kossuth, um homem sábio, que não procurara senão a salvação do seu país, caía sob as balas de um pelotão de fuzilamento. Era o conde Lajos Bathyany, antigo primeiro-ministro. Tinha 43 anos e, para ele, a fuzilaria fora um horrível massacre.

Meia louca de dor, a condessa, sua mulher, lançou contra o jovem imperador Francisco José, em nome de quem se dera a matança, uma maldição desesperada.

– Que Deus atinja tudo o que ele ama e em toda a sua linhagem!

Então, o destino pôs-se em marcha...

No entanto, Francisco José não era verdadeiramente culpado. Tinha apenas 19 anos e a sua subida ao trono imperial da Áustria fora apenas há alguns meses. Foi no dia 2 de Dezembro anterior, às oito horas da manhã, que o primeiro--ministro, o príncipe Schwartzenberg, procedera à leitura do documento que o declarava maior de idade e também dos que continham a abdicação do imperador Fernando I e da renúncia ao trono do arquiduque Francisco Carlos e da arquiduquesa

Tragédias Imperiais

Sofia, pais do jovem príncipe. A revolução húngara dera-se em simultâneo e foi a Schwartzenberg, apoiado pela arquiduquesa Sofia, que incumbiu a responsabilidade real do primeiro grande drama em tempos modernos que atingiu a nobre Hungria.

No entanto, foi sobre Francisco José que recaiu a maldição da condessa Bathyany e foi de facto ele que veio a sofrer as consequências. A 24 de Abril de 1854, casava com a sua prima Isabel, filha do duque Maximiliano da Baviera, nas circunstâncias que conhecemos. Tudo parecia sorrir a este jovem casal, que também tudo possuía: juventude, beleza, bom coração, amor e uma das mais poderosas coroas do mundo. Mas a deslumbrante Isabel trazia consigo, disfarçada pela sua beleza esplendorosa, a pesada herança dos Wittelsbach, o seu romantismo exacerbado, a sua extrema sensibilidade, à flor da pele, e o seu gosto pela errância. Acrescentada à dos Habsburgo, ela continha em si o germe de todos os dramas e de todas as possibilidades trágicas.

Rapidamente Isabel se sentiu abafar no espartilho da implacável etiqueta vienense, copiada da dos reis de Espanha. O amor do seu marido, jamais desmentido, não foi capaz de impedir que procurasse os seus sonhos por toda a parte, com viagens longínquas, como sonhara o seu primo, o rei louco Luís da Baviera. Para Francisco José, nela se concentrava todo o amor do mundo, um amor perpetuado nos quatro filhos que lhe deu. Pensava que enquanto tivesse a sua querida Sissi e os seus filhos nenhuma catástrofe o conseguiria realmente atingir. Verdadeiro mouro de trabalho, prisioneiro de uma burocracia minuciosa e excessivamente conservadora, passava a vida ao leme do seu enorme império, esforçando-se por deixar a Isabel a maior liberdade possível, porque nisso residia o prazer dela.

No entanto, após a dor que foi a morte da sua primeira filha, Sofia, a 20 de Junho de 1857, foi atingido por um pri-

Sissi e a maldição

meiro drama. A 19 de Maio de 1867, o seu irmão Maximiliano, o imperador do México, caía sob as balas dos guerrilheiros de Juárez e a imperatriz Carlota ficou louca.

O segundo drama destroçou os dois esposos: a 20 de Janeiro de 1889, o arquiduque Rodolfo, herdeiro do trono, suicidou-se no pavilhão de caça de Mayerling, na companhia da jovem baronesa Vetsera. Desde esse dia, a imperatriz viajante passou a ser a imperatriz errante: não podendo mais suportar Viena, apenas lá fazia breves estadias, repartindo-se por Corfu, Londres, a ilha da Madeira, por qualquer lugar, lançando-se pelos quatro cantos da Europa como um pássaro enlouquecido, seguida por um grupo de servidores devotados. A morte atormentava-a, e a do seu filho ainda mais do que a do seu primo Luís II, que no entanto fora trágica, afogado no lago de Strarnberg. A morte parecia persegui-la. Esta reservava-lhe um último golpe, particularmente cruel: a 4 de Maio de 1897, a sua irmã mais nova, Sofia, duquesa de Alençon, morria queimada num incêndio ocorrido numa quermesse de caridade.

Isabel encontrava-se então em Lainz quando a notícia lhe chegou. Prostrada, não quis ver ninguém e só recebeu Francisco José, que acorreu de Viena para a reconfortar. Estava então num tal estado de nervos que o imperador lhe suplicou que fosse repousar nas termas de Kissingen, que lhe faziam sempre um grande bem.

A previsão revelou-se verdadeira durante algum tempo, mas a necessidade de fuga da Imperatriz iria reapoderar-se dela rapidamente. Em Junho, regressou a Lainz, depois a Ischl, onde a sua moral iria ficar ainda mais em baixo.

– Ela fala tanto da morte – confessou o imperador ao embaixador da Alemanha – que estou muito deprimido.

Mas também já em Ischl se sentia abafar. A 29 de Agosto, Isabel partiu para Merano para fazer um cura. Conseguiu lá

Tragédias Imperiais

permanecer um mês. Quando deixou Merano, foi para ir para junto da sua filha mais nova, Maria Valéria, casada com o arquiduque Francisco Salvador, príncipe da Toscana, desde 1890. O casal habitava há pouco o castelo de Wallsee e a imperatriz sentiu-se ali bem durante algum tempo.

Infelizmente, nunca se adaptou ao papel de sogra e, em Novembro, afastou-se uma vez mais. Desta vez deixou a Áustria, foi para Paris para aí passar o Natal com as suas duas irmãs, Maria, rainha de Nápoles, e Matilde, condessa de Trani. A sua saúde era tão má que desistiu de ir para as Canárias, como projectara, para grande alívio de Francisco José, que, fechado na Hofburg, onde passou o seu sexagésimo aniversário, lhe escreveu o seguinte:

"Só encontrei na tua carta uma palavra reconfortante: vais desistir da tua viagem pelo oceano? Como te ficaria reconhecido, porque, no meio das minhas preocupações políticas, saber-te no mar e ficar sem notícias tuas é mais do que posso suportar. Na época por que passamos, tudo devemos temer [...]"

Recusou também ser tratada pelo doutor Metzger, aliás um charlatão, e, depois de ter colocado flores no túmulo da duquesa de Alençon e de Henri Heine, deixou de novo Paris com a sua dama de honor, a condessa Sztaray, e um comitiva reduzida. Ei-la em Marselha donde passa a Sanremo, local onde recupera um pouco, apesar de uma nevrite na espádua que a impede de dormir.

"Isto vai acabar um dia – escreveu ela a Maria Valéria. – O repouso eterno só pode ser melhor..."

Mas não demora a aborrecer-se. Insiste em vão com Francisco José para que se junte a ela em Sanremo. Sobrecarregado de trabalho, o imperador tem de recusar, mas escreve a 25 de Fevereiro de 1898:

82

Sissi e a maldição

"É triste pensar que estamos afastados há tanto tempo! Quando e onde nos iremos voltar a ver?"

Haveriam de se reencontrar em Kissingen, a 25 de Abril. Isabel chegou aí depois de uma breve estadia em Territet, no lago Léman, de que gostava particularmente.

Em Kissingen, os dois esposos passaram juntos oito dias tão ternos e tão felizes que o imperador ficou cheio de alegria. Fizeram ambos longos passeios durante os quais Sissi manejou a sombrinha branca e o leque com muita habilidade para se proteger dos curiosos. A imperatriz esteve quase alegre, e para conservar esta boa disposição Francisco José, ao voltar a Viena, fez com que Maria Valéria fosse para junto da mãe.

Mãe e filha reencontraram com alegria a sua antiga intimidade, mas a ternura da filha foi impotente para lutar contra os pensamentos mórbidos da mãe.

– Desejo a morte! – dizia muitas vezes Isabel – Risquei da minha vida a palavra esperança.

Talvez pudesse encontrar alguma ternura junto dos seus netos, mas vê-los é-lhe mais penoso do que agradável. Prisioneira de si mesma e dos seus fantasmas, pensa sempre apenas em evadir-se... fugir! Mas para onde? Porquê? Não o sabe. Só a contemplação da natureza lhe traz alguma tranquilidade.

Quando Maria Valéria a deixa para regressar a casa, Isabel não a segue. Vai para Brükenau, depois para Ischl, onde o imperador vai ter com ela por alguns dias. Quando se deixam novamente, a condessa Sztaray nota que Isabel tem os olhos cheios de lágrimas. Um pressentimento, talvez? Nunca mais Francisco José haveria de ver novamente Sissi...

Ele escreve-lhe a 17 de Julho:

"Fazes-me imensa falta. Todos os meus pensamentos se dirigem para ti e é com pena que penso no tempo cruelmente

Tragédias Imperiais

longo da nossa separação. Ver os teus quartos vazios é-me doloroso [...]"

Mas Isabel não regressa. Pelo contrário, afasta-se, vai para a Suíça, de que tanto gosta, apesar dos receios do gabinete imperial. De facto, era então o lugar de encontro de todos os anarquistas e de todos os revolucionários, que a sua neutralidade protege. E bem os havia perigosos...

A 30 de Agosto, a imperatriz, sob o pseudónimo de condessa de Hohenembs, instala-se no Grande Hotel de Caux, acima de Territet, em companhia da condessa Sztaray, do general Beszevicky, de três outras damas de honor, do seu professor de grego Barker e de alguns criados. O tempo está soberbo e, deliciada, retoma os longos passeios a pé que tanto aprecia... e que são uma tortura para as damas de honor extenuadas.

Nessa mesma altura, encontrava-se em Genebra um homem inquietante. Chamava-se Luigi Luccheni, tinha 26 anos de idade, era italiano e nascera em Paris. Era um antigo soldado com a cabeça alimentada por jornais subversivos e que desejava tornar-se célebre abatendo uma "grande cabeça". Na verdade, Luccheni não sabia bem que personalidade desejava matar. Anarquista mais do que anarquizante, desejava apenas que fosse alguém muito conhecido e, enquanto aguardava, arranjara uma arma para o grande dia: uma sovela de sapateiro.

– Gostaria muito de matar alguém – confessou então a um dos seus camaradas anarquistas –, mas é preciso que seja alguém muito conhecido para que se fale nos jornais.

Deste modo, munido da arma, Luccheni procurou uma vítima e pensou de início no príncipe Henrique de Orleães, que fazia frequentes estadias em Genebra. Pensou também partir para Paris para intervir no caso Dreyfus, mas a viagem era cara... Foi então que os jornais anunciaram a próxima che-

Sissi e a maldição

gada a Caux da imperatriz Isabel... Desde então, Luccheni já sabe quem irá atingir; será muito mais fácil do que ir a Paris!

Em Caux, Isabel recupera as forças. Escreve longas cartas à filha, conta-lhe as suas excursões e anuncia-lhe que está a engordar... acrescentando que receia terrivelmente ficar um dia como a irmã, a rainha de Nápoles. Está quase alegre, mas os que lhe estão próximos receiam quando lhes anuncia a intenção de aceitar o convite da baronesa de Rothschild, que deseja levá-la a visitar a sua vila de Pregny, cujas estufas são das mais belas do mundo. O general Beszevicky assusta-se e confia à condessa Sztaray as suas inquietações:

– Genebra é perigosa, condessa! Quem sabe o que pode passar pela cabeça desses anarquistas que a infestam.

Mas Isabel mantém a visita.

– Diga ao general que as suas inquietações são ridículas – declarou ela à sua dama de honor. – O que me poderia acontecer em Genebra?

De qualquer forma, recusa o iate que a baronesa de Rotschild lhe queria enviar. A razão profunda reside no facto de os Rotschild proibirem formalmente a todos os que estão ao seu serviço que recebam gorjetas. A 9 de Setembro, pela manhã, Isabel, acompanhada da condessa Sztaray, entra num barco da Companhia Geral de Navegação para ir para Genebra. Irá passar a noite no Hotel Beau-Rivage, onde o general, o doutor Kromar e os seus criados já a precederam, e todos regressarão no dia seguinte.

A viagem dura quatro horas. Isabel gasta-as a encher de fruta e de doces um rapazito que se agita arriscadamente. À uma hora, o barco acosta e, numa carruagem, a imperatriz e a sua dama de honor chegam a Pregny, onde a baronesa, uma senhora de 58 anos, as aguarda.

A recepção da baronesa é um sucesso completo, apesar do excesso de lacaios com galões dourados. Sobre uma mesa

Tragédias Imperiais

enfeitada de orquídeas estava disposto um soberbo serviço de porcelana de Viena. Ouvia-se uma música discreta. As três mulheres beberam champanhe e saborearam um menu delicioso, que incluía, entre outras coisas, "pequenas empadas, mousse de aves e um creme frio à húngara".

Depois, procedeu-se à visita às colecções que faziam da vila um verdadeiro museu: obras de arte, tapeçarias, pássaros exóticos, estufas reais. Tudo agradou imenso à imperatriz. Retirou-se encantada com o seu dia, depois de ter assinado o livro de ouro da baronesa, mas, felizmente, sem o folhear, porque poderia ter visto uma assinatura que a teria perturbado: a do seu filho Rodolfo.

De regresso a Genebra, Isabel e Irma Sztaray foram comer gelados (a imperatriz era perdida por eles), depois regressaram ao hotel onde, aliás, a soberana passou mal essa noite. Foi demasiado luminosa, demasiado bela e a sensibilidade de Isabel sentiu-a com uma acuidade quase dolorosa.

No dia seguinte, 10 de Dezembro, levantou-se às nove horas, depois dirigiu-se à rua Bonivard, a uma casa de música, onde comprou um órgão portátil e rolos de música que destinava a Maria Valéria. Julga que o órgão portátil "irá agradar ao imperador e aos filhos..."

Em seguida, regressou ao hotel, vestiu-se para a viagem e bebeu um copo de leite, obrigando a condessa Sztaray a fazer outro tanto.

– Prove este leite, condessa, é delicioso!

Às 13h35, as duas mulheres deixam o hotel e seguem pelo cais para chegar ao local de embarque. Não reparam num desconhecido que vem ao seu encontro e que, no entanto, age de uma maneira estranha: esconde-se atrás de uma árvore, segue novamente, volta a esconder-se...

De súbito, surge diante da imperatriz, dá-lhe um soco, ou o que ela pensa ser um soco, depois de ter empurrado a con-

Sissi e a maldição

dessa, e foge, ao mesmo tempo que a senhora Sztaray lança um grito lancinante e a imperatriz cai. O homem não vai longe: na rua vizinha, dois transeuntes perseguem-no, agarram-no e prendem-no.

Entretanto, as pessoas atropelam-se em redor daquela mulher de negro, ainda muito bela, que caiu por terra. A sua opulenta cabeleira amorteceu o choque, felizmente. Um cocheiro ajuda a erguer a senhora que, para todos os presentes, não passa de mais uma estrangeira.

— Mas eu não tenho nada — disse então.

Querem ajudá-la a compor a indumentária, mas recusa.

— Não é nada! Despachemo-nos! Vamos perder o barco.

Depois, dirigindo-se para a passadeira, diz à condessa:

— O que quereria aquele homem? Seria o meu relógio?

Foi no seu passo habitual e recusando a ajuda de Irma Sztaray que chegou ao barco. Todavia, tem consciência de estar com mau aspecto.

— Estou pálida, não é verdade?

— Um pouco. É com certeza devido à emoção. Vossa Majestade tem dores?

— Dói-me um pouco o peito...

Nesse momento, acorre o porteiro do hotel.

— O malfeitor foi apanhado! — grita ele.

A imperatriz chega à passadeira do barco, atravessa-a, mas mal pousa os pés na ponte vira-se subitamente para a sua companheira.

— Dai-me agora o vosso braço, depressa!

A condessa pega nela com energia, mas não tem força para a segurar. Isabel perde a consciência e cai de novo, lentamente. Irma ajoelha-se e pousou no seu próprio ventre aquela cabeça tão branca.

— Água, água! — pede ela. — E um médico!...

Tragédias Imperiais

Trazem água, Irma asperge a cara da imperatriz, que abre os olhos, uns olhos que já se perdem no vazio. Na falta de médico, uma passageira oferece-se. É enfermeira e o seu nome é Dardalle. Roux, o capitão do barco, aproxima-se e fica apreensivo. Como o barco não tinha partido ainda, aconselha a condessa Sztaray a desembarcar, mas respondem-lhe que se trata de uma síncope por causa do choque.

Para que a doente pudesse respirar, três senhores propõem-se levá-la para a ponte. Estendem Isabel num banco e enquanto a senhora Dardalle a obriga a fazer alguns movimentos respiratórios, a condessa abre o vestido, corta o espartilho e mergulha na boca da imperatriz um pedaço de açúcar impregnado de uma bebida alcoólica. Sob o seu efeito, a doente abre os olhos e recupera.

– Vossa Majestade sente-se melhor? – pergunta baixo a condessa.

– Sim, obrigada...

Senta-se, olha em seu redor e depois pergunta:

– Mas o que é que se passou?

– Vossa Majestade sentiu-se mal. Mas está melhor, não é verdade?

Desta vez não obteve resposta. Isabel caiu para trás, inconsciente.

– Esfreguem-lhe o peito! – aconselha a senhora Dardalle.

A condessa desata então o corpete interior e sobre a camisa de cambraia malva vê uma mancha acastanhada com um pequeno furo e, sobre o seio esquerdo, uma pequena ferida com um coágulo de sangue.

– Meus Deus! – diz ela. – Foi assassinada.

Então, descontrolada, a condessa Sztaray chama o capitão:

– Por amor de Deus, acoste rapidamente! Esta senhora é a imperatriz da Áustria! Está ferida no peito e não posso

Sissi e a maldição

deixá-la morrer sem médico e sem padre. Acostai na Bellevue. Vou levá-la para Pregny para casa da baronesa de Rotschild.

– Não vai encontrar ali nenhum médico, nem, provavelmente, carruagem. Regressamos a Genebra.

Voltaram ao cais de embarque. Improvisaram uma maca com dois remos e duas cadeiras dobráveis. Seis pessoas transportaram-na, enquanto outra protegia com uma sombrinha a cabeça da moribunda, porque foi uma moribunda que não iria recuperar a consciência que levaram para o Beau-Rivage e que deitaram no quarto que deixara há pouco. A hoteleira, a senhora Mayer, e uma enfermeira inglesa ajudaram a despi-la, mas o doutor Golay não deu qualquer esperança à condessa Sztaray, apavorada: a imperatriz estava a morrer. Alguns minutos depois, tudo acabara. Isabel adormecera para a eternidade, reencontrando na morte o seu sorriso inimitável.

Entretanto, em Schönbrunn, o imperador estava ocupado a escrever à mulher.

"Fiquei feliz com a boa disposição que perpassa nas tuas cartas e com a tua satisfação com o tempo, o clima e os teus aposentos [...]"

Depois, passou o resto do dia a rever documentos e a preparar a sua partida para as manobras militares. Às quatro e meia viu chegar o seu ajudante de campo, o conde Paar, e ergueu a cabeça.

– O que é que se passa, meu caro Paar?

– Majestade!... Vossa Majestade não pode partir esta noite. Acabo de receber uma notícia muito má, infelizmente!

– De Genebra?

Arrancou o despacho das mãos do conde, leu-o e cambaleou.

– Não pode deixar de vir um segundo telegrama! Telegrafe! Telefone! Procure saber!...

Não teve tempo de acabar a frase. Um segundo ajudante de campo apareceu... trazendo um segundo despacho.

Tragédias Imperiais

"Vossa Majestade, a Imperatriz, acaba de falecer..."

Então o imperador caiu, soluçando, com a cabeça entre os braços. Ouviram-no murmurar:

– Nada me será poupado nesta terra...

A terrível notícia já corria o mundo, chegando à casa da filha mais velha, Gisela, em Munique, e à de Maria Valéria. As duas acorreram para junto do pai. Estavam lá, e com elas toda a Europa, quando, a 16 de Setembro, defronte dos restos mortais de Isabel, se abriram as portas de bronze da cripta dos capuchinhos, onde foi repousar junto do filho e do cunhado, as duas outras vítimas da maldição da condessa Bathyany.

Quanto a Luccheni, que não só não mostrou qualquer remorso pelo seu crime, mas, pelo contrário, evidenciou no processo a mais revoltante satisfação, foi condenado a prisão perpétua, de acordo com a lei suíça. Todavia, ele, que se considerava um herói de romance, não conseguiu suportar o regime dos condenados de direito comum e, dois anos mais tarde, enforcou-se na prisão com o seu cinto...

A Coroa Sangrenta do México

O Romance Trágico de Carlota e Maximiliano

A volta à Europa de um arquiduque

À primeira badalada da meia-noite que soou no relógio da Hofburg, Johann Strauss bateu na estante com a sua batuta e a orquestra deixou de tocar. O baile parou. O Carnaval acabara, com a Terça-Feira Gorda, e com o novo dia começava a Quaresma. Os casais separaram-se, as mulheres com uma reverência, os homens com uma saudação protocolar, e a arquiduquesa levantou-se. Todas as senhoras que iam cabeceando, bem hirtas nas suas cadeiras dispostas ao longo das paredes da sala de dança, fizeram o mesmo. Acordando sobressaltada, a condessa Dietrichstein, que dormia profundamente e até ressonava um pouco, saltou e pôs-se em pé com um pequeno grito de espanto.

A luneta de cabo, ornada de diamantes, da arquiduquesa fixou-se, à vez, em cada um dos seus quatro filhos: o imperador Francisco José, que reconduzia a sua parceira de dança, a sedutora condessa Ugarte, os arquiduques Carlos Luís e Luís Victor, que faziam o mesmo, e também o segundo filho, o arquiduque Maximiliano, o mais alto dos quatro. *Maxl*, como lhe chamavam familiarmente, parecia ter muita pena de dei-

Tragédias Imperiais

xar a sua companheira de dança, uma jovem loura, a condessa von Linden, que era filha do embaixador do Wurtenberg. Estava esplendorosa nesta noite, com um vestido de tule branco, muito simples, onde sobressaía um ramo de flores de laranjeira que provocou a tagarelice das comadres durante todo o baile. Mas a arquiduquesa tossicou e o jovem, chamado de regresso às conveniências, concordou em reconduzir a jovem à mãe.

– Até breve – murmurou-lhe ele. – E obrigado por ter trazido esta noite o meu ramo...

Esta frase inocente foi cair, infelizmente, nos ouvidos do preceptor do príncipe, o conde de Bombelles, que exercia também a função de mestre-de-cerimónias e faria do episódio uma grande história.

Bombelles era um velho caprichoso, rabugento, mesquinho e tanto mais austero quanto a sua vida nem sempre fora irrepreensível. Começara por ser o amante e depois o terceiro marido da sentimental Maria Luísa, viúva de Napoleão I e depois do general Neipperg. É verdade que ao olhar para este velho magro, enrugado como uma maçã seca, poderíamos ter dificuldade em acreditar que tivesse despertado paixões devoradoras. Mas não tendo mais condições para ser um conquistador, Bombelles vingava-se dos que ainda as tinham. O protocolo tornou-se a sua única razão de ser. Logo que os convidados se retiraram, solicitou uma audiência à arquiduquesa e contou-lhe o que ouvira.

Uma hora mais tarde, o imperador estava informado. De início, recusou tomar o assunto a sério.

– Acreditais verdadeiramente que seja assim tão grave, minha mãe? – perguntou Francisco José sorrindo. – Oferecer um ramo a uma jovem não é crime.

– É, se for arquiduque da Áustria e o ramo de flores for de laranjeira. Vejamos, Franz, como podes não compreender que

O Romance Trágico de Carlota e Maximiliano

esta pequena Linden vai imaginar uma quantidade enorme de coisas tolas? Estou certa de que já se vê arquiduquesa. É preciso fazer qualquer coisa. Maxl é completamente louco.

Esta história aborreceu o imperador, que gostava muito do irmão. Também ele sensível ao encanto das mulheres, como qualquer jovem normalmente constituído, pensava que havia muitas circunstâncias atenuantes: a pequena Linden era encantadora. Com 23 anos, mesmo quando se é imperador, é difícil ser severo. Mas Francisco José conhecia suficientemente a mãe para saber que ela o maçaria até que tomasse uma decisão conforme à sua própria vontade. Reflectiu um momento e depois arriscou:

— O melhor seria talvez que ele viajasse um pouco. Porque não fazer dele um marinheiro? Ele tem a paixão das coisas do mar. Enviávamo-lo para Trieste e poderia navegar.

A testa preocupada da arquiduquesa Sofia distendeu-se:

— É uma excelente ideia, meu querido Franz. Deve partir amanhã. Não podemos arriscar que ele reveja essa pequena... que esquecerá muito depressa.

Assim foi. Logo no dia seguinte, Maximiliano, bastante aturdido, viu-se embarcado para as margens azuis do Adriático e foi visitar a frota austríaca. Admitiu que era uma coisa muito interessante, mas não deixou de continuar a suspirar pela sua pequena condessa. Aliás, como o imperador teve remorsos de ter despachado assim o irmão em silêncio, quando uma simples explicação entre irmãos teria sido, com certeza, suficiente, passados quinze dias Franz voltou a chamar Maxl sem nada dizer à mãe.

Naturalmente, não foi preciso dizê-lo duas vezes. Maximiliano regressou a Viena sem perder um instante. Todavia, antes de voltar para o palácio, mandou parar a carruagem diante de uma certa florista do Ring e pediu-lhe que enviasse um grande ramo de rosas pálidas à condessa von Linden.

Tragédias Imperiais

Nessa mesma noite, na Ópera, onde toda a família imperial tinha ido, a pequena condessa trazia entre as suas mãos enluvadas de branco o famoso ramo de rosas, que ela passou a sessão a aspirar, olhando melancolicamente para o lado do camarote imperial onde Maxl a devorava com os olhos. A arquiduquesa pensava estrangulá-la de fúria. Quem tem 21 anos não tem o direito de se comportar com tal ligeireza culposa, sobretudo quando se é irmão do imperador.

O conselho de família foi extremamente tempestuoso e o insuportável Bombelles, mais escandalizado do que qualquer outro, não deixou de lançar achas para a fogueira. Suspirando interiormente, Francisco José decidiu voltar a enviar o culpado, mas para bem mais longe. Desta vez, tratar-se-ia de uma viagem de exploração ao Médio Oriente, uma viagem protocolar também, no decurso da qual o arquiduque visitaria o sultão e todos os príncipes orientais que pudesse encontrar. Juntaram-lhe como companheiro de viagem um húngaro, o conde Julius Andrassy, grande senhor, amável e de elevada constituição moral. Subitamente promovido a contra-almirante, o pobre apaixonado abandonou Viena de coração desesperado e empenhou-se no seu périplo oriental, enquanto o seu irmão imperador se preparava para ir a Ischl para se encontrar com a sua prima, a princesa Helena da Baviera, com quem Sofia desejava que casasse.

Maxl exerceu conscienciosamente a sua função de embaixador e revelou-se um turista cheio de boa vontade. Foi mesmo ao ponto de visitar o mercado de escravos de Esmirna, onde pôde admirar criaturas muito belas, bastante despidas e de que fez um ingénuo relato por escrito para uso da família, por causa do qual a arquiduquesa teve uma enxaqueca. Verdadeiramente, este rapaz era um desavergonhado e o melhor seria encontrar para ele uma esposa. Enquanto Maximi-

O Romance Trágico de Carlota e Maximiliano

liano tomava o caminho de regresso, em meados do Verão de 1854, Sofia colocou-se em campo para encontrar a sua segunda nora, a seu gosto desta vez...

É que, entretanto, Francisco José tinha-se casado e de modo nenhum de acordo com a escolha da mãe.

De regresso a Viena, Maxl pensou que a vida de família tinha cada vez menos encanto. O imperador estava sobrecarregado com o trabalho e as preocupações do império, a arquiduquesa Sofia passava o tempo a tentar educar Sissi de acordo com as suas ideias e martirizava a jovem, enquanto os outros irmãos se deixavam completamente dominar. Para além disso, o embaixador von Linden deixara Viena e fora para Berlim com toda a família. Nada mais tinha interesse.

Para cúmulo da felicidade, a arquiduquesa Sofia anunciou certa manhã ao filho, com aquele tom que não admitia réplica e que tanto apreciava, que estava desde então noivo da princesa Catarina de Bragança e que era de seu interesse que se fosse habituando à ideia.

Desta vez Maxl insurgiu-se:

– Não a amo, nem sequer a conheço. Não quero...

– Tu não tens querer ou não querer. O pedido está feito e não nos vamos arriscar um conflito com Portugal por razões tão estúpidas como as tuas.

Furioso e desolado, porque não podia esquecer o seu grande amor, Maxl foi confiar as suas desgraças a Sissi. Uma profunda amizade o unia à sua jovem cunhada. Os dois tinham a mesma paixão pelos cavalos e faziam juntos longos trajectos a galope, o que provocava no coração de Sofia uma cólera latente: Sissi esperava um filho e comportava-se como uma louca.

– Enquanto não estiveres casado – disse-lhe Sissi à guisa de consolação –, não deves desesperar. Nunca se sabe o que pode acontecer.

Tragédias Imperiais

A jovem princesa nem adivinhava como estava perto da verdade. Quando se faziam enormes despesas com os preparativos do casamento, uma notícia inesperada chegou à Hofburg: a princesa de Bragança falecera subitamente. Tiveram de pôr de parte os vestidos de festa para envergar os de luto. Maxl, é claro, aparentou a expressão que as circunstâncias impunham, mas soltou interiormente um profundo suspiro de alívio. Iam-no deixar em paz. Retomou ainda com maior frequência as suas cavalgadas com Sissi.

Julgando que começava a gostar demasiado de equitação, a arquiduquesa mandou chamar Bombelles uma vez mais. Teria ele alguma ideia?

Ideias era o que não faltava a Bombelles, quando se tratava de protocolo. Porque não enviar Maxl pelos caminhos? Só que, desta vez, podia percorrer as Cortes da Europa para formar o seu juízo sobre as diferentes formas de governar... e, ao mesmo tempo, lançar um olhar de passagem às princesas casadoiras.

Uma vez mais, a arquiduquesa exultou, declarando que sem Bombelles não saberia verdadeiramente como se tirar de cuidados. Bombelles agradeceu, cumprimentou e depois foi para sua casa e deitou-se. Não tardaria a morrer, esgotado, sem dúvida, por tantas ideias brilhantes. Quanto a Maxl, teve uma vez mais de preparar as bagagens.

Desejoso de evitar tanto quanto possível o perigo, ou, pelo menos, de o fazer adiar, o arquiduque começou a viagem pela Espanha. Lá não havia princesas para casar, logo, nada havia a temer. A rainha Isabel II esperava o seu primeiro filho e acolheu-o cordialmente. Visitou o Escorial, Sevilha e Granada, assistiu a corridas de touros e declarou-se encantado. Depois passou a França, onde chegou a 17 de Maio de 1856.

O Romance Trágico de Carlota e Maximiliano

Esta visita não tinha mais perigos do que a primeira. Mal se tinham cumprido três anos sobre o casamento de Napoleão III com a bela condessa de Teba, Eugénia de Montijo, e o príncipe austríaco pôde frequentar sem reserva a agradável vida parisiense sem temer que se perfilasse no horizonte a sombra perigosa de uma princesa.

Em Inglaterra, também não havia armadilhas a recear. A rainha Vitória, casada desde os 16 anos com o príncipe Alberto de Saxe-Coburgo, tinha muitas filhas, mas a mais velha estava prometida e as outras eram demasiado pequenas. Aliás, o príncipe só podia casar com uma princesa católica. Maximiliano foi às corridas, visitou escolas militares e jogou *croquet* e *badmington* nos relvados de Windsor, descrevendo, como se lhe tornara habitual desde o início das suas viagens, todas as suas impressões nas inúmeras cartas que endereçava à família.

Mas não há companhia tão boa que não se deixe, pelo que, deixando a Inglaterra, o arquiduque atravessou o mar e dirigiu-se para a Bélgica...

Desde a revolução de 1830, que separou os Países Baixos católicos dos Países Baixos protestantes, criando-se assim a Bélgica, distinta da Holanda, o novo país tinha um rei seu. Tratava-se do rei Leopoldo I, da casa de Saxe-Coburgo, a que pertencia o príncipe Alberto, marido da rainha Vitória. Era um homem austero, íntegro e industrioso, que dirigia o seu país com mão de mestre. Viúvo uma primeira vez de uma princesa inglesa, casara depois com a princesa Luísa de Orleães, filha mais velha do rei Luís Filipe, e teve o desgosto de a perder em 1850. Mas tinha filhos e sobretudo uma filha de dezasseis anos, uma princesa morena bastante bonita. Esta era também muito sentimental e a visita do arquiduque austríaco despertou-lhe as emoções.

Em Maio de 1856, Maximiliano, ignorando que a sua ida desencadeara uma tempestade no fundo do coração de uma

99

Tragédias Imperiais

jovem, fez a sua entrada em Bruxelas e despertou tão fortemente o interesse de Carlota que ela nunca mais deixou de falar dele.

– Como ele é grande!... E como ele é belo!... Os seus olhos azuis, tão doces, aquele ar romântico... e aquela barba arrebatadora!

Nesse dia, *Mademoiselle* de Steenhault, a dama de companhia, ergueu os olhos do seu bordado e sorriu gentilmente para a jovem:

– É sobretudo extraordinária aquela barba. Confesso que nunca vi um tal corte. O arquiduque tem um estilo bem próprio.

De facto, Maximiliano tinha pensado durante muito tempo antes de se decidir pelo seu corte de barba. Para estar certo de não ser vulgar, imaginara traçar uma risca no queixo e dividir a barba em duas partes iguais que se erguiam sedutoramente na direcção das faces. E como esta barba era de um bonito louro dourado, o conjunto era uma obra de arte a que o coração sensível da pequena princesa belga não resistira, sobretudo tendo em atenção o magnífico uniforme da marinha imperial que servia de moldura à personagem.

– Vossa Alteza não ignora a finalidade real da viagem do príncipe. A arquiduquesa sua mãe deseja vê-lo tomar mulher o mais rapidamente possível. Anda a ver as princesas da Europa... e até agora nada encontrou.

Carlota ficou confundida e toda rosada, o que a tornou ainda mais bonita. Era de facto uma jovem encantadora. Era morena e tinha estranhos olhos negros e verdes, pontilhados de ouro, uma pele de camélia, traços finos e doces e a cintura mais fina que se poderia encontrar. Sem olhar para a sua companheira, começou a torcer as franjas do cinto.

– Acha... minha cara, que tenho alguma hipótese de lhe agradar?

O Romance Trágico de Carlota e Maximiliano

Desta vez *Mademoiselle* de Steenhault riu de bom grado:

— Bastará ele olhar para si uma vez, uma única, e asseguro-lhe que o seu coração não poderá permanecer insensível, meu anjo — disse ela com ternura. — Estou certa de que sois uma das mais belas princesas da Europa.

Carlota abanou a cabeça suspirando:

— Dizem que a imperatriz Isabel é tão bela que nenhuma mulher se lhe pode comparar.

— Sem dúvida, mas a imperatriz é a imperatriz e penso que ela já não está para casar. Podereis sustentar muitas comparações.

Um pouco tranquilizada, Carlota foi escolher o seu vestido para o baile da noite. O seu pai mostrara-se extremamente generoso e oferecera-lhe várias indumentárias, tendo em consideração a visita do arquiduque. Carlota tinha uma grave questão a decidir: preferiria ele que estivesse de verde pálido ou de branco?

Infelizmente para ela, Maximiliano não a olhou. Estava cada vez mais ocupado com a sua nova função de turista imperial e quando olhava para uma mulher era para logo a comparar com a excelente condessa von Linden... e a infeliz apagou-se de imediato.

Não era por isso que estava menos encantado com a sua estadia e enviava para casa muitas cartas nas quais discorria longamente sobre os aspectos do país e da Corte.

"A cultura das flores neste país é a mais bela que eu já vi. A Corte está bem organizada. Esperavam-me carruagens soberbas em todas as cidades. Pelo contrário, o mobiliário do palácio não é bonito. Os arredores de Laeken vangloriam-se de possuir uma bela residência, mas o palácio real de Bruxelas nem sequer tem uma escadaria de pedra. Tudo aqui me parece feito de madeira [...]"

Tragédias Imperiais

Outro assunto da carta: a sua prima, a arquiduquesa Henriqueta. Era agora duquesa de Brabante e deixara de desatrelar os póneis dos leiteiros para os montar como fazia em Viena quando era jovem. Consolava-se consumindo enormes quantidades de comida que lhe davam uma silhueta em que a largura igualava a altura.

Se Maximiliano pensara em divertir os seus com as suas pequenas bisbilhotices e as suas descrições, enganava-se. A arquiduquesa pensava que troçava dela e, por isso, mergulhou a sua pena na tinta mais ácida e despachou para o filho uma daquelas cartas de que possuía o segredo.

"Afinal – escreveu a arquiduquesa –, Henriqueta é casada e já não tem qualquer interesse. Mas, Maximiliano, ter-se-á dado ao trabalho de olhar para a filha de Leopoldo? Ou terá intenção de se tornar memorialista de profissão?"

Tratado assim asperamente, o arquiduque abriu os olhos e olhou para Carlota. Viu que ela, de facto, era encantadora e também que olhava para si com olhos extasiados. O amor lia-se abertamente naquele rosto ingénuo e terno e, por um breve instante, o jovem sentiu-se tocado. Mas o receio de se comprometer foi mais forte. Não podia resolver-se a ligar-se para sempre a outra mulher que não fosse Paula von Linden. Só ela merecia a dádiva da sua vida.

Na manhã seguinte, Maximiliano deu parte ao rei da sua intenção de continuar a viagem.

– Tenho ainda de visitar os nossos primos da Holanda e de Hanôver – disse ele, bastante incomodado com o olhar severo do rei. – Esperam-me e não posso decepcioná-los.

Leopoldo I meneou a cabeça e resolveu-se a manter atitude impassível que lhe era habitual. Todavia, interiormente, tinha uma grande vontade de dar um correctivo a este leviano, que o obrigara a fazer enormes despesas e que nem sequer parecera dar pela presença de Carlota. No entanto, em Viena, a arqui-

102

O Romance Trágico de Carlota e Maximiliano

duquesa dera-lhe a entender que tinha sobre a jovem perspectivas bem precisas. E este tolo ia-se embora...

Tremendo de raiva contida, o rei respondeu-lhe:

– Seja. Visite a Holanda e Hanôver! Um sábio Habsburgo deve ver tudo...

Esta resposta deixava ainda uma porta de saída, uma mão estendida ao jovem arquiduque. Podia ainda dizer que voltaria, uma vez terminadas as visitas protocolares. Mas não... Maximiliano nada disse. Despediu-se com gravidade do pai e da filha, bem como de toda a família, depois subiu para a carruagem e afastou-se sem se virar.

Era demasiado para Carlota. Com um gemido de desespero, a jovem caiu nos braços do pai e começou a soluçar desesperadamente.

– Acabou-se, meu pai, acabou-se... Ele vai-se embora. Não lhe agradei... E eu amo-o, oh, não sabeis como o amo!

Suavemente, o pai acariciou os cabelos macios, lançando por cima da cabeça morena um olhar rancoroso na direcção da caleche que franqueava lá em baixo os portões de ferro de Laeken.

– É preciso ser razoável, Carlota. Eu também esperei... Mas todos estes Habsburgo são instáveis, mutáveis. Não se pode saber o que verdadeiramente pensam.

– Oh, eu sei... – disse a jovem chorando ainda mais. – Ele não me ama, e é isso que é terrível.

O rei não acrescentou mais nada. Não tinha, aliás, nada a dizer. Que palavras poderiam apaziguar um tal desgosto?

Ao mesmo tempo, Maximiliano continuava a sua rota para norte com a sensação de ter escapado a um grande perigo. Esta pequena Carlota possuía, na verdade, um encanto profundo e prenunciava vir a ser uma bela mulher. E como aquele olhar cheio de amor era, de facto, gracioso!... Mas casar com uma mulher assim loucamente apaixonada quando o

103

Tragédias Imperiais

amor está noutro lado não seria colocar ao pescoço o pior dos grilhões? Não, agira com sageza. Era melhor partir sem deixar qualquer esperança.

Na Holanda, Maximiliano teve uma estadia completamente repousada. Não havia qualquer princesa para casar. Nem sequer crianças. Constituiu um descanso bastante agradável, que foi necessário interromper, no entanto, para se dirigir a Hanôver. Lá não faltavam princesas e o nosso viajante prometeu a si mesmo medir bem as suas palavras, os seus sorrisos e até seus os olhares para não fazer nascer esperanças ofendidas noutros corações femininos. Na verdade, sentia-se cada vez menos talhado para o casamento.

Em Berlim, no entanto, ir-se-ia passar qualquer coisa...

No palácio real, o baile estava no auge. No *parquet* reluzente da imensa sala, os pares giravam ao ritmo da valsa, arrastando nos seus turbilhões os uniformes ornamentados dos homens e as imensas crinolinas cobertas de rendas das mulheres.

De pé sob o dossel, junto do seu anfitrião, Maximiliano olhava de forma distraída e não conseguia decidir-se com que princesa se iria lançar no meio da multidão.

Junto a si, sob o dossel, o rei Frederico Guilherme IV dormitava. A degenerescência mental que em breve o iria afastar totalmente do governo começava a ser evidente. De momento, o monarca dormia com aplicação, completamente surdo aos chavões da orquestra.

De repente, Maximiliano sobressaltou-se. No meio da multidão, acabava de entrever, surgindo com um vestido de renda negra e de espáduas brancas, um rosto deslumbrante e cabelos dourados sob um diadema de diamantes. O seu coração começou a bater mais depressa. Esta mulher... mas era aquela de que ele tanto lamentava a perda, era Paula, Paula, o seu único amor.

104

O Romance Trágico de Carlota e Maximiliano

Desceu os degraus a correr e parou à entrada da pista de dança. A estranha aparição diluíra-se na torrente dos dançarinos, levada pelos braços de um homem grande e magro, vestido com um fraque constelado de ordens e bandas.

Por um breve instante voltou a vê-la. Pôs uma mão nervosa no braço do seu vizinho, um diplomata, para quem nem sequer olhou para o rosto e perguntou-lhe:

– Aquela jovem de vestido preto não é a condessa Linden? Olhe, veja, ali... junto aos espelhos, com aquele diadema de diamantes.

O interpelado pareceu um pouco surpreendido. O príncipe estava extremamente pálido:

– A condessa de Linden? Não creio, Alteza... A dama de que fala é a baronesa von Bulow. Está, aliás, com o marido.

– A baronesa von Bulow? Está certo disso?

– Completamente, Alteza. Casaram há pouco. Mas julgo... julgo, de facto, lembrar-me que o nome de solteira da baronesa era von Linden. O seu pai era colega do meu e prestámos serviço juntos...

Podia continuar assim durante horas que Maximiliano já não o escutava. Com os olhos esbugalhados e quase a desfazerem-se em lágrimas, olhava para a silhueta graciosa da jovem mulher que via agora perfeitamente. De súbito, sobre o ombro do marido, cruzou-se com o seu olhar, viu que os seus olhos se abriram mais, ao passo que a sua boca fresca se contraía. Paula fez um gesto como que para estender uma mão na direcção dele, mas conteve-se e baixou os olhos que foram invadidos por uma profunda tristeza. O andamento da valsa engoliu-a novamente na massa dos dançarinos.

Então, lentamente, Maximiliano voltou ao trono e subiu os degraus. O rei continuava a dormir, mas o mestre-de-
-cerimónias inclinou-se respeitosamente para o príncipe e perguntou-lhe:

Tragédias Imperiais

– Com que jovem princesa deseja dançar Vossa Majestade Imperial?

Maximiliano abanou a cabeça.

– Hoje – respondeu – é o aniversário de uma perda particularmente dolorosa e não irei dançar. Peço desculpa!...

Afastou-se pouco depois, deixando o infeliz mestre-de--cerimónias a pensar desesperadamente que aniversário podia ser esse assim tão doloroso para os Habsburgo.

Logo na manhã seguinte Maxl abandonou Berlim e, incapaz agora de retomar a viagem de que estava cansado, dirigiu-se imediatamente para Viena. Chegou aí uma noite sob uma chuva batida e quando a carruagem que o conduziu ao velho palácio imperial passou diante de uma certa florista do Ring, o arquiduque virou a cabeça e fechou os olhos. Uma lágrima perdeu-se na sedosa barba loura que fora tão admirada por Carlota. Uma lágrima que a obscuridade pudicamente ocultou.

Este regresso não foi, muito longe disso, saudado por gritos de alegria por parte da mãe:

– Já não sei o que fazer dele – ela esta uma noite quando a família estava reunida. – Voltou desta viagem mais triste e sombrio do que alguma vez o vi. Passa dias inteiros fechado nos seus aposentos sem de lá sair, sem ver ninguém.

O imperador não respondeu. De pé, junto a uma janela, com o traje ligeiro de oficial general de que tanto gostava, tamborilou no vidro, olhando lá para fora e vendo a chuva a enegrecer o pátio. Foi a imperatriz que respondeu à sogra:

– Em Berlim, voltou a ver a condessa von Linden– disse ela com cuidado. – Isso fez-lhe bastante mal.

A arquiduquesa sentou-se imediatamente e encarou a nora com um olhar horrorizado:

– Meus Deus, Sissi, que dizes tu? Ele voltou a vê-la... mas isso é abominável.

Sissi encolheu os ombros.

O Romance Trágico de Carlota e Maximiliano

– Oh, não... não é isso. Ela casou e vós já não tendes nada a temer. Mas Maxl sofre muito. Creio que é necessário deixá-lo tranquilo por enquanto. A sua dor extinguir-se-á por si mesma.

Francisco José voltou-se, veio lentamente colocar-se entre a mãe e a mulher e disse:

– Sissi tem razão, mãe. Deixemo-lo recuperar e veremos como correm as coisas.

– Deixá-lo tranquilo, deixá-lo tranquilo... o que tu dizes. O tempo passa, Franz... e o teu irmão não vai tornar-se mais novo.

– Tem 24 anos, mãe, não é uma idade muito avançada. Deixemos-lhe seis meses ou um ano de reflexão.

– Está bem – suspirou Sofia –, como quiseres. Afinal, estou cansada de me preocupar tanto com ele. Deixemo-lo então com os seus sonhos. Mas os meus estão em muito mau estado.

Fechado em si mesmo, Maximiliano ruminava a sua dor e a sua desilusão. Parecera-lhe sempre que aquela que amava tanto devia passar os dias a esperá-lo, refugiada em algum lugar misterioso da Europa, como também ele fazia. Os laços construídos entre eles não deveriam ser mais fortes do que tudo? E eis que ele descobre a sua infidelidade, casada com outro, perdida para sempre para ele...

Pouco a pouco a imagem loura foi-se desfazendo. Uma outra tomou o seu lugar: a de uma jovem morena de vestido de rendas brancas, uma jovem de olhos estranhos, de um verde extraordinário, onde afloravam cintilações de negro e ouro... e nesses olhos havia lágrimas. Essa amava-o. Essa, apesar do seu desgosto, soube conservar a sua dignidade de princesa. Essa merecia a felicidade...

Não se pode andar toda a vida à volta dos aposentos, mesmo sendo príncipe. Quando chegou o Natal, Maximiliano

107

Tragédias Imperiais

foi procurar a mãe e pediu-lhe autorização para casar com a princesa Carlota da Bélgica.

Sofia quase desmaiava de alegria e comoção. Mas era uma mulher com cabeça e que não a perdia facilmente. No entanto, por outro lado, sabia que era preciso malhar o ferro enquanto estava quente.

Na manhã seguinte a este anúncio tão extraordinário, um mensageiro deixou Viena em direcção a Bruxelas. O conde Arquinto levou uma carta imperial que pedia a mão da princesa Carlota para o arquiduque Maximiliano.

27 de Julho de 1857

No seu quarto do palácio real, Carlota contemplava-se ao espelho. Nesta noiva resplandecente sob os diamantes da sua coroa e o véu de rendas preciosas que foram da mãe, a loura Luísa de Orleães, a jovem já não reconhecia a criança desolada da Primavera do ano passado. Desta vez estava feliz: via abrir-se à sua frente um futuro maravilhoso, feito de amor e de alegria.

Lá fora, no calor do sol de Verão, os sinos tocavam com toda a intensidade. O grande coche dourado esperava a futura esposa para a conduzir, sob as cúpulas solenes de Santa Gúdula, para junto daquele que a esperava e cujo amor se revelava maior a cada dia. Lá fora, o povo em festa manifestava já a sua alegria e a sua impaciência...

– Vou ser feliz – prometia a si mesma Carlota a meia voz. – Vou ser feliz e ele sê-lo-á também. Porque eu quero.

Como presente de noivado, Francisco José confiou ao irmão o vice-reino de Veneza da Lombardia. Mal terminou a cerimónia, o jovem casal tomou o caminho clássico das viagens de núpcias: a Itália. Foi no mais belo palácio de Milão

O Romance Trágico de Carlota e Maximiliano

que se instalou para uma longa, uma maravilhosa lua-de-mel, que fez eclodir em Maximiliano um profundo amor pela sua jovem mulher, um amor tal que atraiu mesmo a simpatia dos Italianos, hostis ao ocupante estrangeiro. Carlota italianizou o seu nome, tornando-se *Carlotta*, e aprendeu os poemas italianos. Aprendeu também a alegria de ser quase rainha e de fazer as honras de um grande palácio. Tinha damas de honor, uma Corte, tinha Maxl... Nada faltava à sua felicidade, excepto talvez um filho, que se fazia esperar.

O tempo passou para o casal feliz que a história deveria esquecer. Mas a história raramente se esquece daqueles a quem o destino marcou. Em breve o horizonte se ensombrou. Ajudados por Napoleão III, os Italianos sacudiram o jugo austríaco. No dia seguinte a Solferino, Carlota e Maximiliano tiveram de fugir e refugiar-se no castelo de Miramar, residência sumptuosa que Maximiliano mandara construir perto de Trieste, então em terras austríacas, e que dominava as ondas azuis do Adriático.

Desde então inactivos, reduzidos apenas às ocupações de um senhor da terra e de uma dona de casa, Maximiliano e Carlota não tardaram a ficar entediados. Não teriam sido feitos senão para passar assim uma vida sem glória, sem notoriedade, baça e insípida, afastada dos turbilhões do mundo e do tumulto das grandes questões? Provaram o gosto do poder, nasceram ambos nos degraus de um trono... Não podiam ficar satisfeitos com o que seria para muitos o cúmulo da felicidade: viver a dois sob o sol de Itália e num cenário de sonho. O tempo passava ainda, mas cada vez mais pesado. Maximiliano tocava órgão e cultivava flores, Carlota bordava e tocava harpa. Nenhum filho se fazia anunciar...

Os dois esposos, isolados na sua prisão dourada, perguntavam-se o que seria deles quando, numa manhã da Primavera de 1862, um homem elegante e prolixo se apresentou em

Tragédias Imperiais

Miramar. Vinha da parte do imperador Napoleão III e chamava-se Gutiérrez Estrada. Era mexicano e tinha coisas espantosas e apaixonantes a dizer.

– Ah, príncipe, não vos dignareis vir salvar o México? Levai-lhe o socorro da vossa grande pátria, de que o meu pobre país arruinado fez outrora parte como uma das mais belas jóias da coroa de Carlos V.

Gutiérrez Estrada falava bem. O pequeno mexicano deixava transbordar aquela chama latina, aquele entusiasmo aquecido ao sol tropical e, sentado nas suas cadeiras, num salão de Miramar cujas janelas abriam para jardins magníficos e sobre a extensão azul do Adriático, o arquiduque Maximiliano e a arquiduquesa Carlota escutavam-no estupefactos e já deslumbrados. Foi Carlota que traduziu os sentimentos de ambos:

– Reinar no México? Propondes-nos que erguemos a coroa do México? Que coisa incrível.

– Proponho-vos – continuou Estrada – que ergam o império *azteca* de outrora, que subam ao trono de Montezuma. O México necessita de ordem. Só o imperador de uma grande raça, de origens incontestáveis, que se ergueu acima de tantos agitadores, depositário da religião de Cristo, que os revolucionários anarquistas perseguem, pode realizar este milagre. O México, Senhora, é o mais belo país do mundo.

O mexicano estava lançado e Carlota, cativada, escutava-o, vendo já estender-se à sua frente um panorama maravilhoso de cores vivas. Por outro lado, o seu orgulho, feito da ambição dos Coburgo e da firmeza dos Bourbon, apresentava-lhe numa luz dourada esse signo fascinante do poder absoluto: a coroa de imperatriz.

Também em Maximiliano, ávido de ter, por fim, uma vida digna de si e das suas aspirações, a esperança e a alegria palpitavam já. Todavia, mais calmo, nada revelava.

O Romance Trágico de Carlota e Maximiliano

– A proposta – disse ele com gravidade – não deixa de ser, de alguma forma, atraente, mas preciso de garantias e também de um documento que traduza os desejos de uma maioria representativa da nação mexicana, porque um Habsburgo nunca usurpou um trono.

Gutiérrez Estrada não escondeu a sua satisfação. Anotou imediatamente as palavras do arquiduque no seu pequeno livro de apontamentos e depois declarou:

– Estas condições não levantam qualquer dificuldade, Meu Senhor, e julgo que posso regressar em breve para vos trazer o que exigis com tanta legitimidade.

Como se chegara aqui? Por que caminho poderia um mexicano ter encontrado em Trieste um arquiduque austríaco para lhe oferecer a coroa do seu país? Era uma história complicada e algo louca.

Libertado há 50 anos da tutela espanhola, o México tinha grandes dificuldades em se governar. Havia dois partidos, representados por dois homens, que disputavam o poder: o partido conservador, que tinha a sua sede na cidade do México e que era chefiado por Miramón, e o partido liberal, de Veracruz, conduzido pelo índio Benito Juárez. Matavam-se quase quotidianamente e os *pronunciamentos* sucediam-se (240 em 35 anos). Mas se se tinha libertado da Espanha, o México devia à Europa somas enormes, que a sua anarquia não lhe permitia pagar de maneira alguma, e entre os seus credores era o banqueiro suíço Jecker, que se mostrava a cada dia mais intratável.

Para tentar salvar créditos irrecuperáveis, a França, a Espanha e a Inglaterra intervieram militarmente. Mas Napoleão III e, sobretudo, a imperatriz Eugénia, vendo no México uma meio de deitar por terra a influência americana e, talvez, por outro lado, de assegurar à França uma interessante zona de influência, aliás sendo nisso impulsionados por numerosos refugiados

Tragédias Imperiais

mexicanos que Juárez perseguira, enviaram um corpo expedicionário de 20 000 homens, ao passo que a Espanha e a Inglaterra se retiravam. Os Franceses tomaram o México, de acordo com o presidente Miramón, e proclamaram o império com as aclamações do partido conservador e para grande alívio dos padres a que Juárez fechara os conventos e de cujos bens se apoderara. O arcebispo do México não viera a Saint-Cloud implorar ao imperador dos Franceses que levassem Cristo ao seu país, pedido que a espanhola e piedosa Eugénia não pôde ouvir sem lhe acrescentar o seu próprio?

Proclamado o império, ficava por encontrar um imperador. Foi então que pensaram em Maximiliano, que não tinha nada a ver com o assunto, mas que Napoleão III conhecia e apreciava. O casal imperial, belo e sedutor, despertaria o entusiasmo.

Durante longos meses, enquanto Carlota se agitava de impaciência, estabeleceram-se correios entre Miramar e Paris, mas incluindo também Viena e Bruxelas. Por fim, Maximiliano comprometeu-se a pagar as dívidas do México dentro de alguns anos, ao passo que Napoleão III se comprometia a colocar o imperador no seu trono, graças aos 20 000 homens que enviara, e a lá deixar a Legião Estrangeira durante seis anos para consolidar o trono. Por seu lado, Francisco José formou um regimento de voluntários húngaros e em Bruxelas Leopoldo I fazia algo semelhante. Para além disso, Napoleão III forneceria também algum dinheiro.

As negociações terminaram e a 10 de Abril de 1864, na grande sala do trono de Miramar, Maximiliano e Carlota foram proclamados imperador e imperatriz do México. Para o novo imperador a emoção foi tão forte que nessa mesma noite ficou com febre e teve de se deitar.

O Romance Trágico de Carlota e Maximiliano

Visitas de despedida

No sábado 5 de Março de 1864, a multidão concentrava-se nas imediações da Gare do Norte em volta de uma fila de carruagens junto da qual estava um esquadrão de dragões da imperatriz e que estava vigiada, para além disso, por um compacto batalhão de polícias, quer à civil, quer uniformizados. Faltava pouco para as quatro horas da tarde e esperavam o comboio de Bruxelas, que trazia o futuro casal imperial mexicano, o arquiduque Maximiliano e a arquiduquesa Carlota, para uma visita protocolar.

Os trabalhos de construção da gare ainda não estavam completamente terminados, mas no cais coberto com um grande tapete vermelho um oficial em grande uniforme e uma senhora vestida de crinolina aguardavam o comboio principesco. O oficial era o almirante Jurien da la Gravière, ajudante de campo do imperador Napoleão III, e a senhora era a condessa de la Poeze, dama do palácio. Ambos formavam a comitiva de recepção que estava encarregada de receber os hóspedes ilustres e de os conduzir às Tulherias. A escolha destas duas personalidades não se ficara a dever ao acaso. O almirante de la Gravière comandara três anos antes as forças francesas que foram enviadas para o México. Quanto à senhora de la Poeze, filha do marquês de Rochelambert, pertencia a uma das velhas famílias do antigo regime e não poderia deixar de agradar à arquiduquesa da Áustria, filha do rei dos Belgas, Leopoldo I, e neta de Luís Filipe I, rei dos Franceses. Era uma mulher jovem muito magra, muito pequena e de porte tão etéreo que as boas línguas da Corte imperial lhe tinham dado o nome de "Cortina flutuante".

À hora marcada, com absoluta pontualidade, o comboio entrou na gare e pouco depois os nobres viajantes pisavam solo parisiense. Tendo partido às dez da manhã, gastaram

Tragédias Imperiais

apenas seis horas para percorrer a distância entre Bruxelas e Paris, o que era um feito bastante bom para a época.

Os futuros soberanos do México formavam incontestavelmente um belo casal. Eram novos, eram simpáticos e o povo de Paris não lhes regateou as aclamações. Gritou-se com bastante calor "Viva a senhora arquiduquesa" e "Viva o México". Não se tendo ainda efectuado a coroação, o casal não tinha o direito ao título imperial.

A comitiva dos príncipes não era numerosa. Compunha-se do conde e da condessa Zichy, Metternich de nascimento, da condessa Paula Kollonitz, do barão de Pont, do marquês Corio, do conde de Lutzow e do cavaleiro Schertzenlechner. Todos se precipitaram para as caleches e tomaram o caminho das Tulherias onde o imperador e a imperatriz esperavam os seus convidados na escadaria de honra. O acolhimento foi caloroso. A imperatriz Eugénia ofereceu logo a Maximiliano uma medalha de ouro da Madona, formulando o voto de que ela lhe trouxesse felicidade. Para Carlota reservou uma mantilha de renda espanhola e um leque de madeira de sândalo filigranado a ouro, tendo pedido à irmã Paca, a graciosa duquesa de Alba, que lho enviasse expressamente para a circunstância. O tempo era de euforia. O imperador e a imperatriz viam naquele jovem casal os salvadores do infeliz México, desfeito pela anarquia, e também os futuros pagadores dos empréstimos cujo reembolso estava suspenso há muito tempo.

Os organizadores da visita oficial dos arquiduques tiveram um momento de inquietação. Em Bruxelas, Maximiliano sentira-se adoentado e, logo depois, correu o rumor de que, não só não viria a França, mas também que renunciaria à coroa do México. Nada disso se passou. No dia e na hora marcados, embarcou de Calais para a Inglaterra, onde foi assistir ao baptismo do filho do príncipe de Gales e fazer uma

O Romance Trágico de Carlota e Maximiliano

estadia de um mês. O conde de Flahaut deveria representar a França no baptismo real.

Alojaram os hóspedes bem-vindos no pavilhão de Marsan e a Senhora de la Poeze foi destacada para o serviço da arquiduquesa, tal como o almirante Jurien de la Gravière e o Senhor de Grammont, escudeiro do imperador, foram destacados para o de Maximiliano. Ao facultarem-lhes os seus mais fiéis servidores, Napoleão III e Eugénia pretendiam mostrar quanto os tinham em consideração. À noite, teve lugar um jantar íntimo, após o que foram ao teatro numa pequena delegação. Nessa noite, no Ginásio, era a estreia da nova peça de Alexandre Dumas (filho), *O Amigo das Mulheres*. Foi uma estreia excepcionalmente brilhante em tão augusta presença.

No dia seguinte, que era domingo, o casal imperial levou os seus convidados a dar um passeio pelo Bosque de Bolonha, com os quatro a ocuparem a mesma caleche. O tempo estava bom e a multidão elegante. Regressaram ao palácio apenas à hora em que terminavam as corridas de la Marche para evitar a grande confusão. À noite, por outro lado, havia no palácio um jantar diplomático, mas só foram convidados os membros das embaixadas da Áustria e da Bélgica. Teve um pouco o ar de um jantar de família: o embaixador da Áustria em França era então o príncipe Richard de Metternich, irmão da condessa Zichy, que acompanhava Carlota. Depois, uma trupe teatral foi representar uma comédia nas Tulherias. *Mademoiselle* Plessy e os senhores Delaunay e Bressant tiveram a honra de tocar *Le Bougeoir* perante a Corte.

No dia seguinte de manhã, Maximiliano, envergando o grande uniforme de almirante, foi inclinar-se ritualmente junto ao túmulo de Napoleão I, sob a cúpula dos Inválidos. Este acto fazia parte de todas as visitas oficiais, com o imperador a ter na altura a função que lhe foi retirada depois pelo soldado desconhecido do Arco do Triunfo. A rainha Vitória,

Tragédias Imperiais

apesar de ser inglesa, não faltou a ela quando foi a Paris com o príncipe Alberto, em 1851. Entretanto, Carlota falava de coisas banais com Eugénia, que lhe apresentara o seu costureiro Worth, o seu cabeleireiro Leroy e os melhores artistas de Paris. A actual imperatriz e a futura não deixavam de ter gostos comuns. Visitaram também algumas instituições de caridade e um número impressionante de igrejas.

À noite, houve jantar com todos os ministros e depois um grande concerto na sala dos marechais. A admirável Adelina Patti, a grande cantora de teatro italiano, fez-se ouvir em diversas árias de ópera, antes de ser apresentada a Suas Majestades pela princesa Essing, governanta da casa da imperatriz. Mas também participaram no concerto outros artistas de valor: a senhora Meric-Lablache, os senhores Mario, delle Sedie e Scalese, do teatro italiano (Mario foi particularmente aplaudido numa ária de *Martha*). Participou também o senhor de la Roncherie, violinista, e o célebre pianista Joseph Wienawski, em duas obras, *La Romance variée* e *La Walse...* Foi uma noite muito agradável e acerca da qual todos expressaram a sua satisfação. Pôde-se assistir a uma longa conversa entre o imperador e a imperatriz com os senhores Mario e Wienawski.

Ainda hoje, quando um soberano estrangeiro visita Paris, é hábito actualmente que receba na sua embaixada o presidente da República. Este hábito já existia no Segundo Império: na terça-feira foi a embaixada da Áustria que recebeu num grande jantar os soberanos franceses e os seus hóspedes.

Há quem lamente a discrição com que os jornais da época relatavam as grandes manifestações oficiais e mundanas. Gostariam de conhecer melhor os pormenores dessas faustosas recepções das Tulherias e das não menos famosas que eram dadas pela elegante e turbulenta princesa Paulina de Metternich, no admirável palácio de Conti-Charolais, no número 101 da

O Romance Trágico de Carlota e Maximiliano

Rua de Grenelle. Paris nunca viu nem verá uma embaixatriz como esta. Parece que assumira a tarefa de coleccionar superlativos. Paulina de Metternich era a mais elegante, a mais espirituosa, a mais sumptuosa, a mais turbulenta... e a mais feia de todas as mulheres dos chefes das missões diplomáticas. No entanto, a sua fealdade era apenas relativa numa Corte onde as belezas abundavam em redor de uma imperatriz que era também uma das mulheres mais belas da Europa. Segundo a sua própria expressão, ela não era bonita, mas era pior, uma expressão que copiara da duquesa de Abrantes. Muito magra, grande e muito morena, tinha um rosto curioso de pequinês, com uma boca demasiado grande, mas com uns olhos negros cintilantes de vida, e vestia-se como ninguém. Foi ela que descobriu e lançou o costureiro Worth e eram célebres as suas roupas e as suas jóias.

Não dispomos dos detalhes da festa que ofereceu ao irmão e à cunhada do seu soberano, mas podemos confiar na princesa para a imaginar faustosa.

Na quarta-feira, dia 9, a arquiduquesa foi a Versalhes para visitar o museu, tendo por acompanhantes a Senhora de la Poeze e a condessa Kollonitz. Foi lá recebida pelo superintendente das Belas Artes, que, com muita sensibilidade, fechara para a augusta visitante as salas que continham telas pintadas para glória da recente campanha de Itália. Seria de mau gosto colocar Magenta e Solferino sob os olhos de uma mulher a quem estas duas vitórias expulsaram do seu palácio. À noite, a ópera estava no programa. Foi apresentada a *Maschera* e as *Noites de Veneza* com Boschetti no papel de Luscilla. Seguiu-se a primeira representação de uma ópera nova, *Docteur Magnus*, de Cormon e Carré, com música de Ernest Boulanger. Não se sabe se os príncipes ficaram contentes com este espectáculo, porque o *Petit Journal* do dia seguinte escrevia: "o senhor Cazeaux estava tão rouco que nos foi impossível compreender

Tragédias Imperiais

uma palavra sequer do seu papel, mas a peça teve um grande sucesso no ensaio geral."

O tempo e os acontecimentos pareciam, aliás, conspirar para contrariar esta visita que preludiava um drama. Um vento violento soprou tempestuoso sobre Paris, derrubando diversas árvores, entre as quais um álamo do jardim das Tulherias.

Este vento continuou no dia seguinte, obrigando as senhoras a fecharem-se hermeticamente no interior do palácio. Houve peões que foram atirados ao chão e nem sequer as carruagens eram estáveis. As que levaram na quinta-feira à noite uma quantidade enorme de convidados ao grande jantar diplomático das Tulherias tiveram muitas dificuldades em se enfileirar na longa rua do Rivoli. Todavia, isso não impediu que na sexta--feira de manhã o imperador e o arquiduque fossem caçar em Versalhes. O Sol também se ergueu, mas no regresso uma notícia aborrecida aguardava os caçadores. O rei da Baviera, Maximiliano II, de 52 anos, morrera nessa mesma manhã com uma crise de erisipela. O luto da Corte era tanto mais obrigatório quanto a arquiduquesa Sofia, mãe de Maximiliano, e a imperatriz Isabel estavam ambas em Wittelsbach. Foi anulada a sessão teatral prevista para essa noite, que deveria levar os hóspedes da França ao Odéon, onde o *Marquês de Villemer*, de George Sand, fazia furor.

Nessa sexta-feira à noite, Carlota e Maximiliano conten-taram-se em aparecer na embaixada da Áustria, cerca das dez horas da noite, onde os chefes do movimento monárquico mexicano, Gutiérrez Estrada e Miramón reuniram alguns refugiados importantes a fim de os apresentar aos seus futuros soberanos. Estando prevista a partida de Paris para o domingo à noite, Carlota utilizou o luto forçado para efectuar algumas compras urgentes. Foi assim que a Compagnie Lyonnaise se pôde orgulhar de uma importante encomenda de sedas des-

O Romance Trágico de Carlota e Maximiliano

tinadas a deslumbrar a aristocracia do outro lado do Atlântico e que o *boulevard des Italiens* conheceu um extraordinário ajuntamento. A arquiduquesa deslocou-se ao estabelecimento de Desideri, o fotógrafo da Corte, para lá fazer o seu retrato. Foi ela que provocou tal ajuntamento.

Desejosa, no entanto, de ver o máximo de coisas que fosse possível, foi no domingo à tarde à manufactura dos Gobelins em companhia da Senhora de la Poeze. Por fim, chegou o momento das despedidas. Foram calorosas e muito amigáveis, segundo os relatos. O arquiduque e a mulher disseram estar comovidos com a recepção que lhes fora proporcionada e muito desejosos de receber em breve amigos tão bons. As duas mulheres abraçaram-se com efusão e separaram-se. A escolta aguardava para conduzir as ilustres visitas ao comboio de Calais. Eram sete horas da noite.

O almirante de la Gravière e o Senhor de Grammont iriam acompanhar o casal principesco até Calais, donde embarcariam para a Inglaterra. Os seus quartos foram reservados no Hotel Clarendon. A estadia na Inglaterra deveria ser curta. Tratava-se de um último adeus ao rei Leopoldo da Bélgica, que estava em Londres, de um adeus à prima Vitória e de uma visita a Claremont, onde a rainha Maria Amélia, viúva de Luís Filipe, esperava os seus netos.

Esta última visita foi triste. A velha soberana tinha terríveis pressentimentos que não teve força para ocultar a Maximiliano: "Eles vão matar-vos", profetizou, mas os futuros soberanos estavam demasiado entusiasmados com o seu sonho imperial para prestar atenção ao que tomaram, sem dúvida, por tolice de uma velha senhora. Não se demoraram num país onde lhes estavam reservadas tais previsões.

Dois dias em Bruxelas, cinco ou seis em Viena, de que Carlota não gostava, porque nunca tivera aí senão um estatuto

Tragédias Imperiais

secundário, e voltaram a Miramar. A 10 de Abril, na grande sala de baile que nunca servira e onde fora instalado um trono, Carlota e Maximiliano receberam a coroa do México. A partir de então, eram Suas Majestades o imperador Maximiliano I e a imperatriz Carlota. O destino estava em marcha e nada mais o poderia parar.

A 14 de Abril, a fragata Novara, escoltada pela fragata francesa Thémis, levava para o México aqueles que esperavam tornar-se os sucessores directos de Montezuma.

O drama mexicano

Com os cotovelos firmados na murada, Carlota via desaparecer numa bruma dourada o seu palácio de Miramar, com as suas flores, as suas bandeiras e as suas grinaldas penduradas um pouco por todo o lado. À sua volta, no mar, desfilavam navios da frota austríaca empavesados até ao posto de observação do mastro mais alto e com as suas equipagens alinhadas impecavelmente na ponte da ré. Um pouco mais longe, estava o Thémis, o cruzador francês, que lhe prestava as suas homenagens. Na popa do Novara flutuava o novo pavilhão imperial mexicano, com a águia azteca nele inscrita. Tinha início o sonho tão aguardado:

– Desta vez, partimos – murmurou Carlota a Maximiliano. – Vamos reinar e quero que toda a Europa nos inveje.

Maximiliano sorriu para a mulher, também ele feliz e excitado com tanto sol, tanta alegria e tantos vivas.

– E como poderia ser doutro modo? Vamos para um país novo, rico, que nós tornaremos forte e moderno e que já nos espera com os braços cheios de flores.

Pobre Maximiliano... pobre Carlota... As suas ilusões não iriam durar muito tempo.

O Romance Trágico de Carlota e Maximiliano

A travessia foi bastante boa. O imperador dedicou o tempo a lançar as primeiras fundações de um grande código de protocolo e de etiqueta com base na terrível e quase espanhola etiqueta vienense, que pretendia instaurar no seu império. A Novara navegava bem e a Thémis, que a seguia como um cão de guarda, não se afastava. Mas quando a costa baixa e doentia de Veracruz ficou à vista, quando a cidade ficou cada vez mais próxima, os soberanos e a sua comitiva arregalaram os olhos. Não só Veracruz não estava engalanada, nem em festa, mas também não estava ninguém no porto, para além de alguns passeantes e alguns estivadores que aí dormiam profundamente com o *sombrero* descaído sobre o nariz. Era o dia 28 de Maio e fazia um calor pesado... Carlota dirigiu o olhar para as suas duas damas de honor, Paula von Kollonitz e a condessa húngara Melanie Zichy, com os olhos a cintilar:

— Desçamos a terra, vamos ver.

Desceram, mas no cais de Veracruz o grupo elegante e engalanado, com os homens de uniforme e as mulheres de crinolina, não despertou nos indígenas senão uma vaga curiosidade, o que pôs Carlota fora de si:

— Estas gentes — disse ela — não têm sequer o ar de pensar que podemos ser os seus soberanos...

O contra-almirante francês Bosse, que também descera da sua Thémis, abanou a cabeça.

— Veracruz não é simpatizante do novo regime, Senhora. Até ter sido empurrado para norte, esta era a cidade de Juárez. Mas isso não desculpa nada o general Almonte, o presidente da regência, que deveria estar aqui...

Era necessário renderem-se às evidências: o general não se encontrava presente. Enraivecida, Carlota decidiu voltar para bordo para lá jantar e não se mexer mais dali até que a viessem buscar. Todos voltaram a embarcar.

Tragédias Imperiais

Mais tarde, já de noite, o general Almonte fez a sua aparição. Não se incomodara a saber qual seria exactamente o dia da chegada dos soberanos e, julgando pernicioso o clima de Veracruz, preferiu esperar um pouco mais acima, na Montanha, em Orizaba. Teve apenas tempo para saudar Suas Majestades antes de trocar com o almirante Bosse, indignado com tal acolhimento, algumas palavras amargas, embora corteses. Foi o imperador quem se interpôs.

– Vamos lá, senhores, tudo isto não passou de um mal-
-entendido. Jantemos primeiramente e tudo se arranjará...

Como para lhe dar razão, o forte de San Juan de Ulloa decidiu, por fim, disparar duas salvas de honra. Mas o humor de Carlota permaneceu sombrio durante toda a noite. Muito impressionável, a nova imperatriz viu neste acolhimento gélido um muito mau presságio.

Para dizer a verdade, o dia seguinte não foi mais encorajador. Quando os soberanos desembarcaram pela segunda vez, havia poucas pessoas nas ruas, embora se tivessem colocado algumas bandeiras e lhes fosse feito um discurso. Por outro lado, um grupo de urubus, esses hediondos abutres dos trópicos, parecia ter tomado conta da cidade, quase deserta. Empoleiravam-se um pouco por todo o lado, estendo os seus pescoços pelados e crocitando desagradavelmente. Com os nervos à flor da pele, Carlota virou-se para o almirante Bosse e perguntou:

– Não poderemos destruir estes pássaros repugnantes, senhor almirante? Que espectáculo horroroso eles nos dão.

O almirante levantou os olhos ao céu, depois inclinou-se para a jovem agitada e respondeu:

– Infelizmente, Senhora, a lei protege-os, porque a incúria e a indiferença dos habitantes em matéria sanitária os torna indispensáveis.

Incapaz de ouvir mais, a imperatriz sumiu-se no pequeno comboio construído há pouco pelos franceses e que deveria subir até ao planalto elevado.

O Romance Trágico de Carlota e Maximiliano

A viagem até à cidade do México, por estradas mal traçadas e onde a berlinda imperial fatigava e sacudia impiedosamente os seus ocupantes, foi extenuante. Mas a partir de Puebla, onde o governador e o general Brincourt esperavam Suas Majestades, o acolhimento foi muito mais caloroso. Maximiliano e Carlota ouviram finalmente aqueles vivas que aguardavam desde a sua partida de Miramar. Às portas da capital, esperava-os uma verdadeira delegação diplomática. Encontraram aí o general Bazainde, chefes das tropas francesas, e o conde de Montholon, encarregado de negócios, bem como o ministro da Áustria e todos os notáveis da cidade. Desta vez foi com flores e no meio de uma explosão de aclamações e da música alegre dos carrilhões que os soberanos radiosos chegaram ao antigo palácio.

Apesar de tudo, a festa que se dançava em todas as ruas da cidade engalanada não proporcionou uma noite confortável: o palácio antigo estava realmente muito envelhecido e a bicharada abundava nele a tal ponto que, cansado de lutar contra, Maximiliano foi finalmente deitar-se sobre o bilhar.

Houve outra coisa que tornou desconfortável o sono do imperador. No palácio, no próprio leito que o aguardava, encontrara, deixado por mão misteriosa, o texto da proclamação que Juárez, o rebelde, entrincheirado em Chihuahua, fizera chegar às gentes de Veracruz:

"Ainda estou vivo, homens da costa, eu que sempre vos conduzi à guerra contra os tiranos [...]"

Que ameaça estava contida nestas poucas palavras! No entanto, Maximiliano não se deixou ofuscar por elas.

– Aprecio um homem que leva o seu combate até ao fim – disse ele à mulher. – Tu tens medo?

– Ao pé de ti não há nada que eu tema e também penso que não temos nada a recear. O nosso primeiro dever é tentar trazer até nós esse rebelde. Estou certa de que o conseguiremos.

Tragédias Imperiais

Confiante no encanto do marido e também no seu, Carlota ignorava ainda que não se traz até si um homem como Juárez, porque o velho sangue azteca, oprimido, mas não dominado durante três séculos pelos Espanhóis, corria nas suas veias. Juárez apenas vivia para a liberdade e para a vingança.

Sendo o palácio verdadeiramente inabitável, o casal imperial transferiu-se no dia seguinte para o castelo de Chapultepec, construído numa colina um pouco fora da cidade e instalou-se lá com a comitiva. Depois, sem perder um instante, meteram mãos à obra. O imperador nomeou ministros, ao passo que Carlota, que mudou o nome para *Carlotta*, escolheu uma vintena de damas de honor entre as senhoras da melhor sociedade. Por fim, a famosa etiqueta entrou em cena.

Construído sobre um rochedo de basalto e pórfiro, Chapultepec, com a sua floresta, o seu lago de cristal, o seu maravilhoso panorama a dominar a cidade do México e o planalto dos vulcões, era um local bastante agradável. Apreciador de jardins, Maximiliano quis que fossem encantadores, ao passo que a sua mulher se afadigou a criar desde logo uma forma de viver destinada a cativar a boa sociedade. Davam-se festas, bailes, jantares e concertos.

Porém, as coisas começaram a caminhar mal.

Cheio de boa vontade, Maximiliano desejava sinceramente ligar-se ao seu povo e esforçava-se por viver à sua maneira. Estava sobretudo fascinado com os índios, esses seres serenos e silenciosos aos quais tentava, em vão, compreender a alma. Assim, para os seduzir iniciou uma nova política, mas que teve o condão de afastar imediatamente a maior parte dos seus partidários.

De facto, em vez de se apoiar no partido conservador que o escolhera e na Igreja que o abençoara, Maximiliano virou-se para os liberais e recusou devolver à Igreja, quer a sua preponderância passada, quer os bens confiscados pelos homens de

O Romance Trágico de Carlota e Maximiliano

Juárez. Era um erro grave, porque, sendo na sua maioria muito piedosos, os Mexicanos nada compreendiam dessa atitude.

Outro erro foi Carlota ter feito de Bazaine um inimigo. Bazaine fora nomeado há pouco tempo marechal da França e era o único que, com as suas tropas, constituía uma barreira sólida contra os soldados do rebelde. Carlota não podia suportar este homem de nascimento modesto e cujo orgulho odiava. Eram frequentes as querelas entre os dois.

– Porque não o mandamos de volta para França e pedimos a Napoleão um outro general? – perguntou um dia Carlota exasperada. – Já não o posso suportar...

Maximiliano deixou o seu gabinete e foi estreitar nos seus braços os ombros da mulher. Estava mais linda do que nunca nestes últimos tempos. O clima favorecia-a. Mas porque estava sempre tão nervosa? Sem dúvida, aquela maternidade que não acontecia e que parecia estar-lhe interdita para sempre actuava sobre os nervos frágeis de Carlota.

– Não posso fazer isso, meu amor. Bazaine, ainda que seja desagradável, não deixa de ser bastante popular, sobretudo depois de ter casado com um mulher mexicana. Para além disso, os seus soldados adoram-no e nós não podemos permitir-nos ficar sem o corpo expedicionário.

– Porque não fazes o que ele te aconselha e formas um exército mexicano?

– Bem gostaria de o fazer, mas não posso. Os homens daqui revelam uma certa relutância, que não duvido acabarei por ultrapassar com o tempo. Porém, de momento, é preciso manter Bazaine, de contrário, pode acontecer-nos uma desgraça.

Com paixão, Carlota pendurou-se no pescoço do marido.

– Enquanto estivermos unidos, nada nos pode acontecer, Maxl. O nosso amor proteger-nos-á da má sorte, estou certa disso.

Tragédias Imperiais

Esta bela confiança fez sorrir o imperador, mas a sua tranquilidade de espírito estava demasiado abalada para poder alguma vez recuperar. Havia o dinheiro que começava a faltar... e disso evitava falar.

De facto, a situação deteriorava-se com rapidez. Não só Maximiliano era realmente incapaz de pagar as dívidas do México, mas pedia constantemente dinheiro a Napoleão III. Este começava a pensar que esta história lhe estava a custar muito caro e tomava um mau rumo. O parlamento e o povo francês eram cada vez mais hostis a esta aventura: falava-se de gastos de centenas de milhões e de vidas humanas sacrificadas inutilmente. Para além disso, os Estados Unidos, ultrapassada a Guerra da Secessão com a vitória do Norte, começavam a interessar-se pelo México e, muito descontentes com a implantação francesa, começaram a ajudar Juárez em segredo, embora tivesse sido desencadeada por Napoleão III uma imponente ofensiva diplomática.

Napoleão III, cujas relações com a Prússia se iam envenenando, pensava já em chamar as suas tropas, de que poderia ter necessidade em breve.

Ultrapassado por tantos aborrecimentos, Maximiliano foi passar algum tempo na sua residência de Verão, em Cuernavaca, a 85 quilómetros do México, um pequeno paraíso na margem de uma lagoa onde cresciam em profusão as buganvílias vermelhas, os jacarandás malvas e os tamarindos rosa-alaranjados. Quis o destino que se apaixonasse por uma bela índia, a mulher do seu jardineiro chefe... que esta fosse pouco arisca... e que Carlota em breve soubesse do caso...

– Foi por essa que traíste a fidelidade que me juraste? – perguntou Carlota. – Uma índia, uma miserável índia... Não vais negar, tenho uma carta tua. Palavras de amor... palavras de amor como tu nunca me escreveste.

O Romance Trágico de Carlota e Maximiliano

Era impossível negar e Maximiliano não conseguia compreender como é que o seu bilhete terno fora parar às mãos da mulher. Quis tentar acalmá-la. A voz aguda que ela tinha há algum tempo irritava-lhe os nervos.

– Querida – disse ele com ternura –, nós nunca nos separámos, não era necessário escrever-te. Não deverias escandalizar--te com uma fantasia... uma loucura que não tem para mim qualquer importância e que já lamento.

Mas Carlota não quis ouvir nada.

– Se me amasses como eu te amo, nunca terias olhado para outra mulher. Mas olhaste para aquela. O nosso amor morreu, Maximiliano, morreu para sempre... e agora a má sorte pode cair sobre nós.

Enquanto falava, dera agitadamente várias voltas à sala e depois, girando sobre si mesma, dirigiu-se para a porta.

– Onde vais? – gritou o imperador.

No limiar, virou-se, olhou para o marido com uma grande dignidade e disse:

– Regresso à cidade do México e deixo-te com as tuas flores... e a tua índia. Não será necessário que pelo menos um de nós reine se o outro se mostra incapaz de o fazer?

Estas últimas palavras feriram profundamente Maximiliano no seu orgulho de homem. Furioso, deixou Carlota regressar sem ele à capital e continuou preso aos jardins de Cuernavaca e aos olhos de gazela de uma bela mulher.

Desde então a situação entre os dois esposos ficou tensa. Carlota, desiludida tanto no seu amor como nas suas esperanças de maternidade, ficou cada vez mais amarga, fechando-se em si mesma.

Uma vez que a este casal imperial faltava um herdeiro, quando foi reconhecido que a imperatriz nunca poderia conceber, adoptaram um rapaz de uma família mexicana muito nobre, os Iturbide. Mas ao olhar o pequeno Agostinho brin-

Tragédias Imperiais

car nos jardins de Chapultepec, Carlota sentiu profundamente que ele seria incapaz de preencher o terrível vazio do seu coração, um vazio nascido do desespero e que a invadia pouco a pouco. Passava longas noites sem sono, permanecendo imóvel com os grandes olhos abertos na clara e sumptuosa noite mexicana em que ecoava com tanta frequência o som longínquo de uma guitarra.

Todavia, no fundo da sua própria dor, Carlota encontrava coragem. Ela tinha verdadeiramente a alma de uma princesa e jurara ajudar o seu marido enquanto lhe restassem algumas forças. Ele era livre de ser infiel. Ela, Carlota, permaneceria inquebrantavelmente fiel ao juramento feito sob as cúpulas de Santa Gúdula e ao seu dever de imperatriz.

Como Napoleão III chamou as suas tropas e recusou enviar qualquer dinheiro e, por outro lado, as relações com Bizaine estavam agora tão tensas que ele já nem vinha ao palácio, ocupando-se com o embarque dos seus homens, Carlota tomou uma decisão heróica. Deixando Maxl com os sus amores e as suas flores, iria pela Europa, iria encontrar-se com Napoleão, Francisco José e o próprio papa, que continuava a recusar-se a assinar uma concordata com o México por causa das ideias de Maximiliano. Ela traria ouro, homens e a concordata. Ela salvaria o México e o único homem que alguma vez amara. Depois disso, poderia morrer se Deus assim o quisesse. Não se lamentaria.

A 9 de Julho de 1866, Carlota deixava o México, escoltada por Maximiliano, que a acompanhou até Ayotla, uma aldeia situada a dois quilómetros da capital. Ali as despedidas foram dolorosas. Os últimos rancores acumulados desde o incidente de Cuernavaca desapareceram para dar lugar apenas à mágoa de se separarem pela primeira vez em dez anos. Carlota chorou nos braços do marido, mas afastou-se corajosamente e subiu para a carruagem com a única dama de honor que

128

O Romance Trágico de Carlota e Maximiliano

levava consigo, a marquesa del Barrio (há muito que as damas austríacas tinham regressado à Europa). Enquanto a carruagem se afastava pela penosa estrada de Veracruz, Maximiliano regressava a Chapultepec e começava a escrever à sua mãe, a arquiduquesa Sofia.

"As palavras não podem expressar o que me custa separar-me dela, mas é necessário fazer grandes sacrifícios para obter grandes resultados. Peço a Deus que vele por ela e que volte a juntar-nos um dia [...]"

Depois de uma viagem particularmente penosa, durante a qual a pobre imperatriz, já esgotada pela estrada mexicana, foi vítima cruel do enjoo, a 10 de Agosto chegou a Paris num estado bastante lastimável. Para além disso, profundamente amargurada, não estava em condições de se mostrar boa diplomata. Circunstâncias deploráveis fizeram o resto.

Infelizmente, a delegação encarregada de acolher a imperatriz enganou-se na gare, indo esperá-la à de Orleães (Austerlitz), enquanto ela chegava a Montparnasse. Magoada com isso, teve de tomar fiacres com a sua comitiva... e encontrou as portas fechadas nas Tulherias. O palácio estava encerrado, tendo o imperador Napoleão III interrompido a sua cura em Vichy para voltar a Saint-Cloud e enfrentar os acontecimentos. Foi hospedar-se no Grand Hôtel e, irritada, exigiu orgulhosamente uma entrevista com Napoleão III.

Este estava doente, pelo que foi a imperatriz Eugénia quem se deslocou para visitar Carlota no seu hotel e tentar evitar ao marido uma conversa necessariamente dolorosa. Mas a imperatriz do México nada quis ouvir. Declarou que se não aceitassem recebê-la de bom grado ela "irromperia". Vencida, Eugénia permitiu que fosse a Saint-Cloud.

Tragédias Imperiais

A entrevista foi dura, mas Napoleão III permaneceu firme. Não podia agir de outro modo: estava refém do descontentamento dos franceses, das ameaças dos Estados Unidos e das suas próprias dificuldades diplomáticas com a Prússia. Não lhe era possível desviar nem sequer um escudo ou um homem para ajudar o México, por mais que o lamentasse. Teve de repetir estas palavras cruéis ao visitar Carlota no Grand Hôtel.

Carlota empalideceu completamente ao ouvir esta afirmação fria e perfeitamente clara.

– Então – disse ela –, teremos de abdicar?

Não tinha sequer antes pensado nisso e portanto a resposta de Napoleão III aterrou-a:

– Assim seja – disse ele –, abdiquem. É uma atitude sábia...

Então, perdeu a compostura. Tomada de uma cólera cega, atirou à cara de Napoleão todas as suas razões de queixa, tratou-o como um criado mal-educado e gritou:

– Como pude eu esquecer quem sou e quem vós sois? Deveria recordar-me de que o sangue dos Bourbon corre nas minhas veias e não me desonrar ao humilhar-me diante de um Bonaparte, ao tratar com um aventureiro.

Napoleão levantou-se nesta altura e, depois de uma ligeira saudação, abandonou o hotel, deixando Carlota entregue a uma terrível crise nervosa que foi difícil de dominar. A mania da perseguição tomava conta dela e, como em Saint-Cloud lhe tivessem oferecido refrescos, gritou que a queriam envenenar.

Quando se acalmou um pouco, a sua comitiva julgou prudente fazê-la abandonar Paris. Pensaram de início que se dirigiria a Bruxelas, mas o rei Leopoldo I morrera no ano anterior. Reinava o seu filho mais velho, irmão de Carlota. Infelizmente, Leopoldo II, com os olhos postos em África,

130

O Romance Trágico de Carlota e Maximiliano

não se interessava nada pela aventura mexicana. Por isso, era inútil ir a Bruxelas, por paradoxal que isso parecesse. Pelo menos assim pensava Carlota, que foi primeiro passar alguns dias a Miramar e depois se dirigiu a Roma. Seria aí que se iria desencadear o drama.

Recebida no Vaticano com muita bondade e piedade pelo papa Pio IX, encontrou-o, todavia, igualmente inflexível nas suas posições: não podia ignorar o bem da Igreja por causa do interesse de um casal, por mais desejoso que estivesse de permanecer num trono e, com brandura, tentou fazer compreender a Carlota que a partida estava perdida, que obstinar-se nela seria loucura, como, aliás, assim pensava também o imperador Francisco José, e que seria dar provas de sabedoria regressar tranquilamente a Miramar, aguardando que fosse oferecido a Maximiliano um posto digno dele.

Carlota escutou sem protestar e regressou calmamente ao seu hotel. Todavia, na manhã seguinte, quando o papa tomava o seu pequeno-almoço, viu subitamente a imperatriz do México, branca como a cal e com os olhos desorbitados, irromper perante ele, lançar-se-lhe aos pés a gritar que tinha medo, que queriam envenená-la. Depois disso, precipitou-se sobre o chocolate pontifical e engoliu-o como uma mulher que não comera nada desde a véspera. A *señora* del Barrio, que acompanhara a sua infeliz soberana, explicou o melhor que pôde o estranho estado em que Carlota se encontrava.

Esta, aliás, recusou deixar o Vaticano. Foi preciso que o papa, muito contrariado, lhe mandasse arranjar uma cama num salão próximo da biblioteca. Carlota foi, em toda a história, a única mulher, para além da *señora* del Barrio, a ser autorizada a dormir nos aposentos pontificais.

No dia seguinte, depois de uma vã tentativa de a confiar a um convento, onde fez escândalo, gritando que a irmã cozinheira queria envenená-la, conseguiram levá-la para o seu

Tragédias Imperiais

hotel, mas entregou-se a tais extravagâncias na rua, bebendo nas fontes e soltando gritos, que a comitiva da infeliz, descontrolada, preveniu Bruxelas e Viena.

Oito dias depois, Carlota regressou a Miramar, onde um médico vienense a foi examinar. A loucura era evidente, não se podia mais negá-la. Após alguns meses, o conde da Flandres, seu irmão, veio buscar a infortunada e levou-a para Laeken, donde partira tão feliz alguns anos antes, sem que desta vez pudesse esperar vir a sair de lá. Dezoito meses de reinado transformaram a alegre Carlota numa pobre louca.

Durante este tempo, no México, Maximiliano tentava sem êxito manter-se no seu trono vacilante. As tropas francesas tinham partido quase todas. Por fim, a Legião Estrangeira, que em 1863, em Camerone, escrevera com o seu sangue uma das páginas mais gloriosas da sua história, deixou o país, não sem lá ter permanecido, por lealdade, durante mais tempo do que estava previsto nas suas ordens. No entanto, maugrado as objurgações de Bazaine, Maximiliano pretendia permanecer.

Foi então que um despacho cifrado lhe fez saber que a imperatriz, gravemente doente, estava a ser acompanhada pelo doutor Riedel, em Viena. Chamou logo o seu médico, um austríaco, Basch, e perguntou-lhe à queima-roupa:

– Sabe quem é o doutor Riedel?

O médico, sem desconfiar, respondeu tranquilamente:

– Sim, meu senhor. É o director da casa dos alienados.

Maximiliano deixou cair o papel fatal e cerrou os dentes. Louca, Carlota estava louca... Que coisa horrível, impensável!... O seu primeiro gesto foi o de correr para ela e durante um breve instante considerou abdicar, mas pensou melhor. Para que serviria isso? Voltar para a Europa, reencontrar uma pobre demente que não o reconheceria? Mais valia lutar até ao fim.

O Romance Trágico de Carlota e Maximiliano

Juárez e as suas tropas, cada vez mais numerosas, dominavam agora quase todo o país. Napoleão III enviara a Maximiliano o seu ajudante de campo, o general Castelnau, para lhe suplicar que partisse enquanto tal ainda era possível. Contudo, o imperador de nada quis saber. Acreditava ainda, contra ventos e marés, no amor dos seus súbditos. Decidiu lutar com as suas próprias forças e entrincheirou-se na fortaleza de Queretaro...

Era uma cidade forte, que poderia ter resistido muito, mas um traidor abriu-lhe as portas. O imperador foi apanhado, sendo aprisionado com dois dos seus generais, Mejía e Miramón. Juárez levou-o a julgamento.

Quando esta notícia foi conhecida na Europa e nos Estados Unidos, houve uma onda de protestos diplomáticos, emanando de todas as chancelarias, que convergiu para o chefe rebelde. Ninguém podia admitir que ele pensasse em matar o próprio irmão do imperador da Áustria, um príncipe europeu. Porém, Juárez era índio. Para ele, um inimigo era um inimigo. Maximiliano e os seus dois generais foram condenados à morte.

A 19 de Junho de 1867, o imperador deixou a prisão acompanhado pelos dois outros condenados. Estava vestido de negro, mas envergava orgulhosamente a Ordem do Tosão de Ouro. Ao franquear a porta, ergueu os olhos para o céu de um maravilhoso azul-turquesa e disse:

– Que dia magnífico! Não podia escolher outro mais belo para morrer.

Depois, ao chegar até si o som de uma trombeta, virou-se para o general Mejía e perguntou:

– Tomás, este é o sinal da execução?

Mejía acenou com a cabeça, sorriu com coragem e respondeu:

– Não sei, Senhor, é a primeira vez que me executam.

Tragédias Imperiais

Quando deram sete horas no sino da cidade, uma salva de artilharia cortou o ar. Os três homens caíram. As últimas palavras do imperador haviam sido:

– Pobre Carlota...

Até 16 de Janeiro de 1927, com 96 anos de idade, a infeliz Carlota teve de arrastar o seu martírio. A noite que descera sobre ela nunca mais a abandonou. Infatigavelmente, dia após dia, escrevia e reescrevia a mesma carta, um grito de amor para aquele que já não existia...

No entanto, uma noite, no maior segredo, a imperatriz, que diziam estéril, deu ao mundo um rapaz, que se apressaram a escamotear e que, desde então, a solicitude da Corte belga acompanhou de longe. Mas essa é outra história...

Duas Vítimas de Mayerling

A esposa de Rodolfo,
Estefânia da Bélgica

Estávamos a 10 de Maio de 1881. No entanto, o dia que se levantava sobre Viena apresentava-se brumoso, carregado de nuvens que anunciavam chuva. A hora era tão matinal que no palácio Schönbrunn só os criados estavam acordados, os criados e os guardas.

Porém, num grande quarto do primeiro andar, uma jovem olhava o dealbar deste dia tão triste, mas que deveria ser o mais feliz da sua vida. Com os pés nus, os cabelos louros cuidadosamente entrançados e caídos sobre a sua longa camisa de dormir, dissimulava-se entre as dobras dos grandes cortinados de veludo para contemplar o parque sem ser vista.

Era, na verdade, muito jovem. Tinha dezasseis anos e olhos azuis ainda inquietos, plenos de candura e de deslumbramento, porque, apesar da chuva, ela já amava este parque tão magnificamente florido. Amava também este palácio, mas tinha tantos ornamentos dourados, tantos móveis imponentes, tantas tapeçarias pesadas que a jovem não estava completamente certa de não ter já saudades do seu querido palácio de Laeken e da atmosfera amigável que nele se vivia. Porém, a sua mãe tinha vivido a infância e a juventude neste palácio, antes de

Tragédias Imperiais

se tornar rainha dos Belgas, porque esta jovem chamava-se Estefânia e ia casar hoje mesmo com o herdeiro da Áustria, o arquiduque Rodolfo, um dos príncipes mais cobiçados da Europa.

Até então, o casamento parecera-lhe uma bela aventura, uma aventura que começara um ano antes com a irrupção de uma dama de companhia na sala de aula de Laeken onde Estefânia fazia os seus deveres.

Levaram-na sem explicações e entregaram-na às criadas de quarto, que a despiram, em breves momentos, do seu vestido de jovenzinha para lhe voltarem a pôr um vestido como nunca lhe tinham antes dado. Pentearam-na e, pela primeira vez, adornaram-na com jóias. Depois, assim vestida, conduziram-na ao salão, onde os seus pais a esperavam junto de um homem novo, grande e louro, de traços finos e olhos atraentes, que tinha um belo bigode e trazia um uniforme branco de coronel austríaco.

A rainha Maria Henriqueta pegou então na filha pela mão para a apresentar, mas Estefânia estava demasiado espantada, demasiado emocionada, para dizer sequer uma palavra. Tinha a impressão de que o seu universo estava prestes a ser estranhamente abalado.

No dia seguinte, ou seja, a 5 de Março, o rei Leopoldo mandou que viesse ao seu gabinete de trabalho e disse-lhe:

– O arquiduque Rodolfo veio aqui para pedir a tua mão. A tua mãe e eu somos inteiramente favoráveis a este casamento e ficaríamos felizes se te tornasses na futura imperatriz da Áustria e rainha da Hungria, mas penso que deves ser tu a decidir a tua própria vida. Retira-te, reflecte e amanhã dar-me-ás a tua resposta...

Estefânia passou, como seria natural, uma noite em branco, mas no dia seguinte a resposta era inteiramente conforme à que os seus pais desejavam. Era demasiado

138

Estefânia da Bélgica

elegante para acrescentar que este casamento lhe trazia uma alegria bastante inesperada e que o seu coração juvenil se sobressaltava já com o mero nome de Rodolfo. A sua mãe educara-a, de facto, com muita severidade – poder-se-ia mesmo afirmar que a domara – tendo em vista a objectivo de a ver reinar um dia e, por nova que fosse, a jovem princesa sabia já ocultar os seus sentimentos profundos sob um rosto discreto e quase indiferente.

O ano seguinte passou como um sonho. Foi preciso, naturalmente, aprender húngaro e iniciar-se nos usos e costumes da Corte de Viena, mas Estefânia recebeu inúmeros presentes faustosos de um noivo que talvez não visse muito, mas que se mostrava muito encantador e afectuoso com ela.

É claro que, estando já muito apaixonada, teria preferido que ele a tratasse como uma mulher e não como uma jovenzinha, com um tudo-nada de indulgência condescendente, mas prometia a si mesma fazer com que ele mudasse de atitude. Para além disso, não era bela? De uma beleza loura, algo fria talvez, mas que o brilho da pele, a cor dos olhos e o esplendor da cabeleira realçavam? Por outro lado, na noite em que, por ocasião dos seus dezasseis anos, cumpridos apenas alguns dias antes da sua partida para Viena, Rodolfo enviou um coro imponente fazer uma serenata sob a sua varanda, Estefânia acreditou ter a partida ganha. Só um noivo enamorado podia ter uma ideia tão romântica.

A viagem até à Áustria foi outro encantamento. O acolhimento do povo encheu de alegria o coração da princesa belga. Por toda a parte havia bandeiras, fanfarras, aclamações e flores. Era toda a Áustria que vinha ao seu encontro e Rodolfo, ao acolhê-la no cais do Danúbio, parecia feliz.

Foi aí que a futura princesa herdeira foi apresentada àqueles que iriam ser os seus sogros: o imperador Francisco José, já envelhecido pelo fardo do poder, mas ainda imponente,

139

Tragédias Imperiais

e a deslumbrante, a fabulosa imperatriz Isabel, cuja beleza parecia desafiar o tempo.

Rodolfo era parecido com ela. Tinha os seus traços, os seus olhos inquietos, o seu porte verdadeiramente imperial. Estefânia ficou cheia de vontade de agradar a esta mulher, de se lhe assemelhar em tudo, excepto, talvez, naquele gosto louco pelas viagens. Estefânia pretendia nunca deixar o marido, nem descuidar os seus deveres de soberana para correr o mundo sozinha.

Vendo cair a chuva nos jardins de Schönbrunn, Estefânia pensou que se aproximava o desfecho tão impacientemente esperado: dentro de algumas horas estaria casada...

Durante alguns instantes o seu pensamento dirigiu-se para a sua tia Carlota, que um dia esperara também num quarto deste palácio o momento de se unir a um belo arquiduque. Carlota que, derrubada do seu trono exótico, vivia agora, com o espírito para sempre perdido, encerrada no castelo de Bouchout, na Bélgica... Mas Estefânia afastou com determinação essa imagem deprimente. O seu destino nada teria que se lhe pudesse comparar. Ela iria ser feliz, loucamente feliz...

Uma voz solene afastou-a dos seus pensamentos:

– Vossa Alteza está já desperta? Ainda bem, porque chegou o momento de Vossa Alteza se preparar, mas arrisca-se a apanhar frio...

A princesa Schwartzenberg, governante da casa da imperatriz, acabava de entrar. Estefânia dirigiu-lhe um sorriso tímido.

– Tendes razão, princesa. Julgo que tenho frio.

Algumas horas mais tarde, vestida de brocado branco tecido de prata, velada com as mais belas rendas de Bruxelas e levando as célebres jóias de opalas e diamantes que pertenceram à arquiduquesa Sofia e depois à imperatriz Isabel, Estefânia juntou-se a Rodolfo no centro da Igreja dos Agostinhos, flo-

140

Estefânia da Bélgica

rida e cintilante de velas. Foi com um sorriso radiante de esperança que estendeu a mão àquele que iria ser seu marido.

Terminadas as festas, o jovem casal, como mandava a tradição, dirigiu-se para o palácio de Laxenburg, um palácio de Verão localizado a sul de Viena. Estefânia estava extenuada devido à fadiga e ao enervamento depois daquele dia esmagador, que lhe parecera, na verdade, um suplício. A pobre pequena arquiduquesa de dezasseis anos desejava agora desesperadamente um canto tranquilo e aconchegado onde se refugiar com o seu querido marido.

Porém, Laxenburg nada tinha de ninho de apaixonados. Aparentemente, ninguém cuidara de o preparar para uma lua-de-mel. Não havia qualquer conforto, com as salas frias e hostis. Nem sequer uma flor! O ambiente de Laeken, sempre abundantemente florido, o seu conforto moderno e o seu asseio tipicamente belga estavam tão distantes!

À entrada do castelo glacial, Estefânia sentiu um desejo de chorar que lhe estrangulava a garganta. Compreendia agora um pouco melhor o que quis dizer a sua irmã Luísa, casada há vários anos – e mal casada! – com o príncipe Filipe de Coburgo, companheiro habitual dos ócios de Rodolfo, que, ao abraçá-la no momento da partida, lhe murmurara:

– Coragem, Estefânia! É só um mau momento por que tens de passar!

Um mau momento? Como poderiam as primeiras horas de intimidade de um jovem casal ser um mau momento? Filipe, é claro, era um bruto, mas Rodolfo, o querido, o bem-amado Rodolfo?

Na verdade, parecia bem distante, nesta noite, o bem-amado Rodolfo. Começara a resmungar ao chegar a Laxenburg. Descompusera os criados e exigira jantar. Foi um jantar morno em que, muito fatigados, os dois esposos não encontraram três palavras para dizer. Estefânia empertigava-se, constrangida

Tragédias Imperiais

devido à sua educação de princesa real, para não começar a soluçar e não lhe mostrar a que ponto estava desiludida. Esperava palavras ternas, carícias, mas, ao levantar-se da mesa, Rodolfo limitou-se a dizer-lhe, com um sorriso:

– Vou fumar um cigarro na sala de bilhar. Já vou ter consigo.

A noite que se seguiu foi um desastre. Habituado a amantes ardentes e sábias, que, aliás, escolhia de preferência entre as ciganas, Rodolfo achara encantadora, mas um pouco freirática, esta pequena belga muito nervosa, que ele deveria ter encaminhado com muita ternura e paciência àquele instante crucial em que uma jovem se torna mulher. Mas se Estefânia lhe inspirava um certo afecto, Rodolfo não estava verdadeiramente apaixonado e, sobretudo, não tinha qualquer paciência. Esta noite de núpcias não foi para ele senão uma formalidade como qualquer outra e ultrapassou-a de forma bastante incomodada.

De manhã, Estefânia descobriu que, se amava apaixonadamente o marido, ele não tinha por ela senão um sentimento bastante morno. Sentiu-se desesperadamente só. Pensava na sua irmã Luísa, que fugira da câmara nupcial logo no início da lua-de-mel e se refugiara, soluçando, desesperada, na estufa onde se guardavam as laranjas, em Laeken... Seria verdadeiramente o destino das princesas reais ter apenas momentos dolorosos nos primeiros tempos do casamento?

Para dizer a verdade, Luísa parecia ter-se acomodado a Filipe e à vida vienense. Muito elegante, muito gastadora, muito adulada, já não se ocupava mais do marido e fora ela que aconselhara Rodolfo, com quem namoriscara um pouco, a casar com a irmã.

– É parecida comigo – disse-lhe ela. – Vai agradar-te...

Agradar-lhe? Estefânia chegava a perguntar-se se alguma vez o conseguiria...

142

Estefânia da Bélgica

De facto, nunca iria compreender o marido, nem seria compreendida por ele. Com a distância que o tempo permite, dificilmente se poderá censurar Estefânia. Quem poderia ter compreendido Rodolfo?

Instável, de uma inteligência evidente, mas virada para o impossível, gostava da violência, tinha a obsessão da morte e detestava instintivamente tudo aquilo que Estefânia aprendera a admirar: a realeza, a Corte, os princípios rígidos. As suas ideias avançadas, revolucionárias mesmo, inquietavam o impe- rador, tal como, aliás, as suas relações, as numerosas amantes e o gosto acentuado por certos vícios. Tinha um desejo contí- nuo de matar, que saciava com toda a caça que passava na mira da sua espingarda. Perante o olhar horrorizado de Estefânia, abatia constantemente pássaros, gamos e cabritos-monteses no parque de Laxenburg, impelido por um frenesi de destruição que revoltava a sua mulher. Era um doente, uma imaginação exaltada, que se acomodava mal a uma jovem princesa tranquila e habituada aos bons princípios, mas isso Estefânia não sabia.

No entanto, esta revelava tanta doçura e boa vontade que, por ela, Rodolfo pôs um freio aos seus apetites violentos du- rante algum tempo. E depois, ela amava-o de forma tão evi- dente, tão comovedora!... Durante dois anos, a vida do casal decorreu sem incidentes e mesmo com um entendimento que parecia bastante completo.

O imperador mandou-os a Praga e aí Estefânia desem- penhou perfeitamente a sua função de princesa herdeira, ainda que tivesse ficado algo desconcertada com os Checos. Ela tinha dignidade, boa vontade, muita graça e um sentido apurado do lugar que ocupava. Nada a aborrecia, nada a fatigava quando se tratava da sua "tarefa de futura imperatriz". Poder-se-ia pensar que amava o seu papel e terá sido isso que afastou mais Rodolfo: o príncipe herdeiro sentia repulsa pelo cargo que desempenhava.

Tragédias Imperiais

Estefânia ficou agradada com Praga. O velho castelo real, o Hradschin, era severo, mas pitoresco, a região admirável e Rodolfo passava semanas inteiras nas florestas. Para além disso, quando Estefânia ficou grávida, no início de 1883, poder-se-ia supor que nada faltava à felicidade deste jovem casal.

Infelizmente, nasceu uma menina, Isabel, que veio ao mundo a 2 de Setembro. Como Estefânia chorava desesperadamente de vergonha por não ter podido dar o herdeiro desejado, Rodolfo consolou-a com uma ternura inesperada:

– Uma filha é muito mais gracioso – disse-lhe ele – e, para além disso, teremos um filho mais tarde. A minha mãe teve duas filhas, como tu sabes, antes que eu viesse ao mundo.

Estefânia enxugou imediatamente as lágrimas. Se ele estava satisfeito, por que razão não estaria também? Não vivia ela senão para ele, para que a amasse e se orgulhasse dela?

Talvez esta frágil felicidade se mantivesse ainda em Praga, porque, se Rodolfo tinha amantes, escondeu-as cuidadosamente. Mas Francisco José, pouco depois do nascimento da pequena Isabel, chamou o casal a Viena. Foi para Estefânia o fim da felicidade e o começo de um verdadeiro calvário.

Após algumas semanas, queixava-se amargamente à sua irmã Luísa:

– Já não o vejo. Nunca! Mandou instalar um pequeno apartamento no outro extremo do palácio e ninguém, nem sequer eu, pode lá entrar. O seu criado de quarto, Loschek, faz uma boa guarda, podes acreditar.

Luísa de Coburgo escutava em silêncio o desgosto da irmã. Estefânia não lhe dava nenhuma novidade. Toda a Viena sabia já que o arquiduque era o mais independente possível e não tinha quase vida de família. No pequeno apartamento do Hofburg, tão bem guardado por Loschek, desfilavam mulheres bonitas, actrizes, cantoras, dançarinas e mesmo grandes

Estefânia da Bélgica

senhoras. Não estavam todas as mulheres de Viena loucas por Rodolfo?

— Porque não te queixas? — disse ela por fim — Faz-lhe compreender que te deixa demasiado só.

— Ele aborrece-se comigo, sei-o bem. Sei igualmente muito bem que não sou suficientemente brilhante. As suas belas amigas não se coíbem de me chamar camponesa flamenga! E quando desempenho a minha função na Corte, julgas que não vejo os sorrisos, os olhares triunfantes dessas mulheres? Julgas que ignoro, para além disso, que todas as noites Rodolfo sai da Hofburg no fiacre do cocheiro Bratfisch e vai a casa de uma ou de outra das suas amantes... a menos que vá jantar em casa de Sacher?

— ... com o meu querido marido e o conde Hoyos — concluiu Luísa a rir. — Eles são inseparáveis, esses três. Mas sinceramente, Fani, não deverias atormentar-te a esse ponto. Tu és a mulher dele e ele gosta de ti. Eu sei-o, foi ele que me disse. Que não seja muito fiel pouco importa. Um dia será imperador e tu imperatriz. Então ficará assoberbado pelos seus deveres... e Bratfisch não terá alternativa senão procurar outro freguês costumeiro. Rodolfo ama-te muito, tu sabe-lo, e...

As palavras eram despropositadas. Estefânia começou a soluçar e enfiou a cabeça nas almofadas do canapé:

— Ele ama-me muito, eu sei. Mas eu amo-o, compreendes... eu amo-o!

A voz fria de uma dama de honor, que nenhuma das duas ouvira entrar, veio interromper bruscamente a queixa da arquiduquesa:

— Sua Majestade espera Vossa Alteza Imperial para a recepção aos delegados húngaros — disse.

Estefânia recompôs-se, limpou cuidadosamente os seus olhos avermelhados, olhou para a irmã com desespero, mas obrigou-se heroicamente a sorrir:

Tragédias Imperiais

– É verdade – suspirou. – Há aqui pelo menos um que precisa de mim: o imperador.

De facto, desde que regressara a Viena, Estefânia tinha uma vida oficial muito carregada. Princesa herdeira, substituía continuamente a imperatriz, a errante eterna, que, egoisticamente, descarregava sobre ela um fardo que detestava sem lhe tributar sequer o menor agradecimento. Por isso, Estefânia, armada com o seu imutável sorriso, que alguns julgavam de estupidez, suportava sem fraquezas os fastidiosos deveres da Corte: recebia, inaugurava, presidia e honrava com a sua presença bailes de embaixadas e manifestações populares.

Por tantos esforços realizados em silêncio, só Francisco José lhe estava reconhecido. Ele admirava a coragem desta pequena princesa de vinte anos, que tentava tão valentemente assumir um papel esgotante de vice-imperatriz, papel que nem Sissi nem Rodolfo aceitavam suportar e perante o qual não mostravam senão um desprezo desenvolto. Estefânia era, tal como o velho imperador, uma boa operária do poder e muitas vezes Francisco José lamentava-se que não fosse um rapaz e seu filho!

Infelizmente, esta vida esgotante minava a saúde da jovem. O seu parto difícil deixou-a fragilizada e os médicos temiam que não pudesse ter mais filhos. Este temor acabou por se enraizar de tal forma no espírito do imperador e mesmo no de Rodolfo que a prisão imperial se entreabriu um pouco. Estefânia pôde, por vezes, fazer férias.

Foi vista na ilha de Jersey, em Lacroma, no castelo de Miramar, que ficava perto de Trieste, mas, com maior frequência, em Abbazia, na costa da Dalmácia. No entanto, estava sempre só, tal como a própria imperatriz Isabel, ou então muito acompanhada pela sua irmã Luísa. Pouco a pouco, a esposa abandonada tomou gosto por estas estadias. Em Abbazia, longe das paredes sufocantes da Hofburg, tinha

146

Estefânia da Bélgica

o direito de respirar, tinha o direito de ser uma mulher quase como as outras, uma mulher jovem em férias com a sua filhinha. Era bom...

Tanto mais que a vida em Viena e sobretudo a existência junto de Rodolfo se tornavam gradualmente insuportáveis... Havia cenas pavorosas com cada vez mais frequência.

– Terias medo de morrer? – perguntava-lhe ele por vezes. – Seria tão simples, Estefânia! Olha: um pequenino gesto, um pequenina pressão do dedo nesta ponta de aço e estaria tudo acabado...

Sob o olhar gelado da mulher, Rodolfo, com os olhos perturbados, agitava um revólver de ordenança. Não era a primeira vez que se entregava diante dela a este jogo mortal, mas se tinha medo, esforçava-se por nada demonstrar para não despertar o que havia de crueldade no fundo deste coração estranho:

– Não devias falar assim – disse ela friamente. – Os príncipes são ainda menos livres do que os simples mortais de dispor da sua vida. O seu dever está acima de tudo.

– O dever! Só sabes essa palavra, Estefânia! Pareces o pai. Na verdade, os dois ficam muito bem juntos: entregues ambos à respeitabilidade e às preocupações com a etiqueta!

– Vale mais isso, quando se reina, do que entregar-se ao álcool e ao deboche! – ripostou a jovem, com desprezo.

Nesse dia, Rodolfo teve um terrível acesso de cólera, que a mulher se esforçou por evitar. Passado algum tempo, aliás, as suas cóleras aumentaram de intensidade e tornaram-se assustadoras. O arquiduque bebia de mais, passava noites inteiras sem dormir, elaborando com os seus amigos jornalistas e o seu primo João Salvador, o arquiduque revolucionário, perigosos planos para a segurança do Estado, mas que, inspirados pela generosidade e um liberalismo talvez excessivo, tinham pelo menos o mérito de honrar o seu sentido da solidariedade.

Tragédias Imperiais

Cada vez mais inquieto e angustiado, estando totalmente em desacordo com o pai, embrutecido pelo trabalho e pelos prazeres, para além de doente, Rodolfo experimentava tudo na vida e fazia crescer em si aquele gosto pela morte acerca do qual a pacífica Estefânia nada compreendia. Quem poderia censurá-la, esta mulher de vinte anos?

Havia, por vezes, um desanuviamento nas relações do casal. Assim sucedeu naquele dia de 1886 em que, em companhia de Filipe e de Luísa de Coburgo, o casal inaugurou, em família, o novo pavilhão de caça de Mayerling, nos arredores de Viena. Nesse dia, Rodolfo esteve alegre, descontraído, encantador, como tão bem sabia ser... Infelizmente, foi apenas um curto desanuviamento. O casal mergulhou cada vez mais num inferno, a que Estefânia se esforçava por fugir, na medida do possível, indo para Abbazia.

De facto, as cenas sucediam-se, sempre violentas e durante as quais Rodolfo aterrorizava a princesa, ameaçando matá-la e matar-se em seguida.

Foi ainda pior quando, em finais de 1887, uma prima direita de Rodolfo, a condessa Larisch-Wallersee, que era uma intriguista, apresentou ao príncipe uma jovem de 16 anos que pertencia à pequena nobreza e era aparentada à rica burguesia levantina. Chamava-se Maria Vetsera, uma morena, com grandes olhos azuis, e Rodolfo gostava das morenas. Era encantadora, muito jovem e positivamente louca pelo príncipe. Não tinha passado um ano e já se tornara frequentadora do pequeno apartamento da Hofburg onde Estefânia nunca entrava.

Por ela, Rodolfo teve um capricho violento, mas que não o fez abandonar as suas outras amantes, tal como a actriz Mitzi Kaspar, com quem passava muitas vezes as suas noites.

Para Estefânia, a vida tornou-se insuportável. A jovem Maria, resplandecente de orgulho, ostentava sem vergonha o

Estefânia da Bélgica

seu triunfo, desafiando insolentemente a arquiduquesa quando a encontrava na ópera. A sua mãe ajudava, porque era uma mulher de um enorme snobismo e como que via a sua filha como imperatriz, apesar de pertencer a uma nobreza demasiado baixa, que nem lhe permitia assistir aos bailes da Corte. Mas não se contava que Rodolfo, desesperado por não ter um herdeiro masculino, pedira ao papa para declarar a nulidade do seu casamento?

O ano de 1888 terminou de forma melancólica. Depois do Dia de Reis, Estefânia foi passar alguns dias a Abbazia para tentar reencontrar uma calma que lhe fugia cada vez mais. Teve, todavia, de regressar a Viena nos primeiros dias de Janeiro, porque a imperatriz estava novamente ausente. Tinha de a substituir, mas ao rever Rodolfo sentiu-se aterrorizada: mais nervoso do que nunca, mais irritável também, o seu olhar era de um ser encurralado. Parecia movido por uma força interior que não dominava e passava as noites fora do palácio.

A 26 de Janeiro, anunciou à mulher que tencionava ir caçar a Mayerling daí a dois dias. Sem mesmo saber muito bem porquê, Estefânia tentou dissuadi-lo disso. Via-o pálido, febril e manifestamente com má aparência.

– Precisamente! – ripostou Rodolfo – Tenho muita necessidade de ar puro...

Mas esta afirmação não acalmou os temores, aliás pouco precisos, da mulher.

– Gostaria tanto que ele renunciasse a caçar! – confessou à irmã – Não saberei dizer-te porquê, mas tenho medo...

Na verdade, a arquiduquesa estava num estado de nervosismo e de agitação extremos. Circulavam na Corte rumores aterradores: dizia-se que Rodolfo tinha desagradado profundamente ao imperador, que se tinha envolvido mais do que devia com os revoltosos húngaros... Falava-se mesmo de uma

Tragédias Imperiais

conjura contra o próprio imperador e Rodolfo falava sempre, sempre, da morte...

– Mas afinal – aconselhou Luísa –, se tens medo, vai com ele a Mayerling.

– Propus-me fazê-lo, só que ele não quer. Diz que sou demasiado tonta com o meu medo das armas de fogo.

– Vá! Deixa de te atormentar desse modo. Fazes uma tempestade num copo de água. Aliás, que tens tu a recear? Filipe e Hoyos devem ir também caçar a Mayerling. Pensa antes que eles saberão tomar conta dele...

Estefânia ergueu-se, enxugou os olhos e, diante de um espelho, reajustou a sua violeta.

– Talvez tenhas razão. Agora devo voltar para me vestir para o baile em casa do príncipe de Reuss, onde tenho de substituir a imperatriz.

– Vou estar lá também – disse Luísa –, mas tenta repousar um pouco antes de te vestires. Estás com uma cara medonha.

Nessa noite, na casa do príncipe de Reuss, o embaixador da Alemanha, seria para a arquiduquesa Estefânia uma cruel e inapagável provação.

Toda a Viena se acotovelava nos vastos salões da embaixada, até as pessoas que, como os Vetsera, não eram suficientemente nobres para entrar na Corte. Rodolfo, que vestia para a circunstância um uniforme alemão de coronel de ulanos, e Estefânia, com um vestido de Corte, deviam representar ali a família imperial.

Ora, ao dar a volta aos salões pelo braço do embaixador, a arquiduquesa reparou de imediato numa jovem morena literalmente coberta de jóias – o que não era de um gosto muito requintado, mas que traía a origem de leste – e que a olhava com insolência. Aqueles olhos azuis conhecia-os ela bem e houve qualquer coisa que se apertou no peito da mulher de Rodolfo.

150

Estefânia da Bélgica

No entanto, calma na aparência, continuou o seu caminho, distribuindo saudações, sorrisos e palavras amáveis. Diante dela, as mulheres dobravam o joelho, os homens inclinavam-se, mas quando chegou junto de Maria Vetsera, a jovem, louca de orgulho, recusou inclinar-se. Os dedos da arquiduquesa crisparam-se na manga do embaixador. Teria ela agora de sofrer uma afronta pública da parte desta rapariga?

Por um instante, os dois olhares cruzaram-se de modo assassino. Despontava já um murmúrio de escândalo. Assustada, a baronesa Vetsera, que estava junto da filha, obrigou esta à vénia, prevendo muito bem qual seria a cólera do imperador e sentindo soprar sobre ela o ar do exílio.

Por fim, Maria dobrou o joelho, mas a arquiduquesa já tinha passado...

Por prudência, Rodolfo mantivera-se de parte e durante toda a noite os dois esposos não se dirigiram a palavra. Quando deixaram a embaixada, Estefânia foi directamente para Hofburg, enquanto Rodolfo foi passar a noite em casa de Mitzi Kaspar, a quem, aliás, como ela diria mais tarde, propôs que morresse com ele.

Estefânia nunca mais voltaria a ver Rodolfo vivo...

Da cena muito demorada e sem dúvida terrível que, no dia seguinte, opôs o arquiduque ao imperador nada se ficou a saber, mas o drama de Mayerling é demasiado conhecido para valer a pena relembrá-lo aqui. Sabe-se como Rodolfo encontrou a morte junto de Maria Vetsera, mas pensa-se actualmente que este drama foi mais político do que sentimental. Maria Vetsera ganhou para a posteridade o céu das grandes apaixonadas, porque foi a única mulher a aceitar acompanhar Rodolfo nesse desconhecido da morte que temia enfrentar sozinho.

Para Estefânia, petrificada de dor, o epílogo de Mayerling foi a carta que lhe entregaram e que o marido lhe escrevera antes de se suicidar.

Tragédias Imperiais

"Querida Estefânia, ficas livre da minha funesta presença. Sê feliz com o teu destino. Sê boa para a pequenina que é a única coisa que subsiste de mim. Transmite a minhas últimas saudações a todos os meus conhecimentos, sobretudo a Bombelles, Spindler Latour, Nowo, Gisela, Leopoldo, etc. Entro calmamente na morte porque *só ela pode salvar a minha boa reputação*. Abraça-te com todo o coração o teu Rodolfo que te ama..."

Era o fim. Estefânia perdera ao mesmo tempo o seu amor de juventude e qualquer possibilidade de um dia ser imperatriz. Cansada e desencorajada, quis voltar à Bélgica, mas o imperador opôs-se a isso. Princesa austríaca era, princesa austríaca continuaria a ser!

A jovem viúva passou em Miramar os quatro meses que se seguiram ao drama, no castelo de Carlota, a imperatriz louca, o castelo conhecido por trazer infelicidade. Aí ficou com a mãe, a filha e duas irmãs, Luísa e Clementina. Depois, preferiu instalar-se em Abbiza, deixando o silêncio cair sobre si.

Foi ali que um novo amor a encontrou, alguns anos mais tarde, sob os traços de um sedutor camareiro húngaro, o conde Elmer Lonyay de Nagy-Lonya e Vasarcs-Nameny. Casou com ele em Miramar, a 22 de Março de 1900, rompendo assim com o seu pai, o rei Leopoldo II, que nunca lhe perdoaria o que ele considerava uma aliança inferior.

Francisco José revelou-se mais compreensivo, elevando o conde Lonyay ao estatuto de príncipe e Estefânia, apaziguada, pode finalmente conhecer uma vida calma, até ao dia 25 de Agosto de 1945, quando, por fim, deixou este mundo...

152

O primo de Rodolfo.
João Salvador, Arquiduque da Áustria,
Príncipe da Toscana

Numa noite de Inverno de 1884, uma noite de Fevereiro mais precisamente, estavam três homens reunidos num pequeno escritório estreito e sombrio, situado no primeiro andar de uma casa vulgar da Rotenturmstrasse, em Viena. Reinava ali uma atmosfera quase asfixiante, saturada pelo odor da salamandra, que ressoava, da tinta fresca de impressão e do fumo dos cigarros, cujas cinzas enchiam três cinzeiros.

Nenhum destes três homens falava. Sentados em cadeiras, os dois mais novos – um tinha 26 anos e o outro 32 – olhavam, sem dizer palavra, para o terceiro, um pequeno judeu húngaro, moreno e pálido, cuja figura inteligente era entrecortada por tiques nervosos e cujos olhos míopes se abrigavam atrás de grossas lunetas. Tinha, na verdade, um físico sem brilho e um fato descuidado, contrastando nitidamente com a elegância sóbria, a beleza e a distinção dos companheiros.

No entanto, eram os dois que o olhavam com respeito admirativo, enquanto ele, armado de um lápis, corrigia uma pilha de panfletos colocada à sua frente, riscando energicamente, acrescentando uma palavra aqui, cortando outra ali,

Tragédias Imperiais

com a testa enrugada devido ao esforço e com os olhos brilhantes sob as lentes enormes.

Este pequeno homem chamava-se Moritz Szeps. Já há alguns anos que dirigia um jornal liberal, o *Neues Wiener Zeitung*, cujos editoriais, de uma violência rara, em geral consagrados à política imperial e sempre anónimos, inquietavam muito seriamente o imperador Francisco José e os seus ministros. É que Szeps consagrara a sua vida, o seu real talento e os poucos bens que possuía à libertação da Hungria natal e, acessoriamente, à educação política dos seus contemporâneos. Emanava sempre dos seus papéis um fumo de revolta. Era, de algum modo, um progressista *avant la lettre* e, naturalmente, a autocracia dos Habsburgo não tinha inimigo mais autêntico que ele. No entanto...

No entanto, os dois homens ainda novos que o olhavam, fumando cigarro atrás de cigarro, eram o que o império da Áustria contava de mais alto na hierarquia (depois do próprio imperador), sobretudo o mais jovem, que não era senão o herdeiro, o arquiduque Rodolfo, que uma amizade (poder-se-ia quase dizer uma cumplicidade já antiga) unia a Moritz Szeps. O outro, ainda mais belo, mais maduro e mais ponderado também, era o seu primo João Salvador, príncipe da Toscana, o filho mais novo do grão-duque da Toscana Leopoldo II e da princesa Maria Antonieta de Bourbon-Sicília, irmã da duquesa de Berry. Partilhava a amizade do seu primo por Szeps e entre ele e Rodolfo os laços de sangue eram reforçados por uma grande comunhão de ideias políticas. Os dois arquiduques alimentavam as mesmas esperanças, as mesmas cóleras, as mesmas revoltas, o mesmo liberalismo e o mesmo gosto ardente pela liberdade.

Aos olhos de um como do outro, o grande império austro-húngaro agonizava abafado com o funcionalismo exagerado e as impertinências burocráticas. Por isso, sonhavam ambos

João Salvador, Príncipe da Toscana

libertar o país do seu conformismo, do seu regime, que era com demasiada frequência policial, e dos palácios imperiais com uma etiqueta doutra época, instaurada no tempo de Carlos V mais para vergar as vontades do que para honrar a majestade imperial. Numa palavra, os dois primos sonhavam com uma monarquia constitucional e, para os diferentes países membros do império, com uma federação de reinos unidos, que, na prática, poderia ser difícil de gerir.

Onde divergiam era no modo de expressar as ideias. Rodolfo, exaltado e facilmente dado a veleidades, padecia, para além disso, da pesada hereditariedade dos Wittelsbach, que lhe vinha da mãe, e não gozava talvez do equilíbrio de espírito que era necessária a um grande soberano. Em contrapartida, João Salvador possuía, por seu lado, um espírito friamente subversivo, a que se juntava um ardor apaixonado pela causa da humanidade. Havia neste belo rapaz de 32 anos, capaz de compreender as ideias de um grande revolucionário, uma curiosa mistura de *condottiere*, de príncipe da Renascença – culto, artista e que facilmente se podia revelar implacável –, de homem de letras e de homem de guerra – porque tinha também o estofo de um grande estratega e de um condutor de homens.

Do ponto de vista físico, tinha uma silhueta alta e magra, encimada por um rosto moreno de olhos de fogo, enquadrado por uma barba negra curta que se imaginaria com mais facilidade sobre um rígido colarinho de pregas do que saindo de um uniforme austríaco. O seu sorriso era irresistível e, com tais atributos, João Salvador partilhava com o seu primo a aprovação e os sonhos românticos das lindas vienenses.

Neste momento, porém, as mulheres estavam bem longe das suas preocupações, porque o monte de folhetos que Szeps corrigia era obra sua: tratava-se de um severo requisitório

Tragédias Imperiais

contra os métodos de instrução do exército austríaco, a que dera o título de *Amestramento ou Instrução?*

Por fim, Szeps atirou com o lápis, reuniu os folhetos, que alisou batendo no tampo da sua secretária, retirou as lunetas, que limpou cuidadosamente, e ergueu depois o seu olhar míope para o arquiduque seu autor.

– Um excelente trabalho! Mas há nele pólvora suficiente para fazer explodir, se não Viena, pelo menos Hofburg! Pergunto-me como é que o imperador o irá encarar.

– Não desejo de modo algum aborrecê-lo, mas apenas fazer-lhe ver onde está a razão. O exército é dirigido como se dirigiam as tropas de Filipe II. Com os seus uniformes magníficos, as suas plumas e a sua disciplina de uma outra época, não pode estar à altura das exigências de uma guerra moderna. Serve apenas para os desfiles do Prater ou dos passeios públicos das cidades com guarnição! Os chefes não passam de uns imbecis pomposos, mas o pior é, sem dúvida, o generalíssimo, o meu estúpido primo Alberto. Se nos mandarem combater, estamos derrotados à partida. É preciso que isso mude!

– Compreenda portanto, Szeps! – reforçou Rodolfo – Se ninguém tiver a coragem de dizer a verdade ao imperador, como quer que ele a venha a saber?

Moritz Szeps olhou sucessivamente para os dois primos.

– Estou de acordo. Mas, meu senhor – acrescentou fixando João Salvador –, julga verdadeiramente útil assinar este artigo incendiário? Até hoje, os artigos que me deu a honra de escrever para mim foram anónimos, tal como os vossos, Alteza. Porque não continuar?

– Não se trata de artigos de jornal, mas de um livro, amigo Szepes. É necessário um autor.

– Porque não usar um pseudónimo?

– Porque não tenho razão alguma para me esconder. Sou um dos chefes deste exército. Parece-me que tenho o

João Salvador, Príncipe da Toscana

direito de falar dele. Trata-se da vida dos meus homens e da minha...

– Claro, claro... Mas receio, apesar de tudo, que venha a ter graves aborrecimentos. O imperador não irá gostar do seu livro.

João Salvador pôs-se a rir.

– Sei-o bem, de facto! Mas não o escrevi para o comprazer...

Szeps tinha razão para estar inquieto. Francisco José tomou a coisa de forma ainda pior do que temia. O livro do jovem general, embora muito interessante, foi considerado uma ofensa pessoal, porque, no que lhe dizia respeito, considerava o exército inteiramente satisfatório, apesar das derrotas sucessivas que registava.

Alguns dias depois da saída do livro da tipografia, João Salvador recebeu ordem de deixar Viena e ir para Linz. O comando do seu regimento foi-lhe retirado. Recebeu em troca o posto, subalterno, de adjunto do general comandante da infantaria da Alta Áustria.

Esta destituição entristeceu João Salvador. Preparara-se para uma descompostura exemplar e mesmo para uma cena dolorosa no gabinete imperial, que conhecia tão bem, mas preferiram desembaraçar-se dele como de um maçador sem grande importância.

– O imperador encontrou o que mais me poderia magoar – confessou a Rodolfo. – Enterra-me num buraco da província! Vai ser o afundamento numa rotina estúpida.

– Linz não é no fim do mundo – argumentou Rodolfo, que tentara em vão fazer com que o pai mudasse de opinião e guardara a recordação dolorosa da cena que João Salvador não teve de enfrentar. – É entre Viena e as tuas terras do Salzkammergut. De qualquer maneira, isso não muda nada nos nossos projectos e continuaremos em contacto permanente.

Tragédias Imperiais

As palavras do herdeiro minoraram a infelicidade que o primo sentia. Poderia suportar a contrariedade com paciência. Afinal, chegaria o dia em que o imperador se chamaria Rodolfo...

Para além do mais, havia um laivo de verdade no que ele dizia. Linz aproximá-lo-ia do seu castelo de Orth, onde vivia a mãe, o local de que mais gostava no mundo.

Nas margens do Traunsee, o Outono veste-se sempre de resplandecentes tons dourados, entrecortados aqui e além pelo negro profundo dos grandes abetos. Nessa manhã, o lago cintilava, azul e luminoso, sob os raios claros de um Sol ainda estival. João Salvador, que saíra cedo a cavalo, estava realmente decidido a tirar o máximo partido deste dia glorioso, tanto mais que a sua estadia em Orth, junto de sua mãe, se aproximava do fim. Dentro de alguns dias, regressaria ao penoso aborrecimento de Linz, mas essa era um ideia que preferia manter afastada.

A passo, abandonando as rédeas no pescoço do cavalo, seguia pelo caminho que bordejava o lago. Vistos desse lugar, os três castelos de Orth pareciam moradas de sonho emergindo na leve bruma matinal, mas o que ele preferia, o que fora construído no próprio lago, tinha o ar de um navio de velas enfunadas que arrasta pelas amarras antes de desaparecer em direcção ao mar alto...

João Salvador apreciava esta residência pitoresca com as suas torres encimadas por campanários de bolbo de um cinzento muito suave. Era um bom edifício, sólido e seguro, e nele o arquiduque sentia-se mais em casa do que em qualquer outro lugar. Talvez fosse por causa daquela ponte longa e estreita, tão fácil de destruir, a única a ligá-lo à margem... Para além disso, era a sua propriedade pessoal.

— É preciso que tenhas mulher e filhos — suspirava, por vezes, a mãe. — Por que razão não te casas, Gianni?

João Salvador, Príncipe da Toscana

– Porque as mulheres me aborrecem... e porque nenhuma das que conheço se parece convosco!

– Há muito que fizeste trinta anos. Já é tempo de constituíres uma família... a tua família!

– Para lhe deixar o quê? A condição bastarda que nos reservam aqui, onde somos apenas os primos de Itália recolhidos por caridade depois da perda da Toscana. Não, mãe, não quero casar-me. Os meus nove irmãos e irmãs encarregar-se-ão bem de vos dar os netos que desejais. Mas eu, eu quero ser livre, pelo menos se não posso ser feliz.

Continuando no seu caminho, o arquiduque pensava em tudo isso... e também em Viena, donde, desde há um ano, apenas tivera raras e breves notícias, notícias que não lhe agradavam: privado do seu apoio, Rodolfo levava ali uma vida insensata, desviando para o vinho e as mulheres os seus sonhos de glória malbaratados. Descurava Estefânia, a sua mulher belga, que ele não amava, e trocava constantemente de amante.

Nas duas únicas ocasiões em que João Salvador teve autorização para ir a Viena, não conseguiu falar seriamente com o príncipe, nem sequer com Szeps, a quem a polícia vigiava de perto. De facto, a única coisa que permanecia viva no imenso tédio da sua vida era o ódio que votava agora a Francisco José, esse velho severo e obstinado que recusava abandonar as suas vistas estreitas. De maneira arrebatada, João Salvador desejava vê-lo morrer para que finalmente Rodolfo reinasse.

De súbito, os pensamentos sinistros que invadiram lentamente o espírito do arquiduque como que se esfumaram. Algures na margem alguém cantava e, de modo maquinal, João Salvador, que adorava música, parou para escutar, porque a voz era de uma pureza extraordinária e de uma frescura repousante.

Parecia vir do próprio lago, como se uma sereia dele tivesse emergido por instantes para admirar a beleza da manhã.

Tragédias Imperiais

O passeante avançou um pouco, ultrapassou um pequeno bosque e descobriu, por fim, a cantora: sentada à borda do lago, com os braços apertados em redor dos joelhos, ela cantava olhando a água cintilante, tão simples, tão natural como uma ave no seu ramo.

Cantava "A Tília", de Schubert...

Lentamente, João Salvador desceu do cavalo, prendeu o animal a uma árvore e avançou através do bosque para não ser visto. Não divisou de início senão uma massa espessa de cabelos negros que caíam em cascata sobre um vestido azul pálido, mas quando, alertada pelo ruído dos seus passos, a cantora se virou, pôde reconhecer que era muito bela: tez dourada, grandes olhos negros, pernas compridas, silhueta deslumbrante e lábios tão vermelhos como o interior de uma romã. Enquanto ele a contemplava, a jovem, que podia ter 16 anos, sorriu com grande naturalidade àquele desconhecido sedutor tão manifestamente seduzido.

– Bom dia! – atirou ela alegremente – Quase me assustou.

– Porquê quase? Talvez fosse conveniente ter mesmo medo. Eu sou talvez um indivíduo perigoso.

– Não é com certeza! Tem ar de ser alguém de bem! Aliás, há demasiada luz para os malandrins. Essas pessoas só gostam da escuridão e dos caminhos recônditos.

– Permite-me que me sente um momento ao pé de si?

– Porque não? Não faltam lugares – disse ela, designando a pequena pradaria que a rodeava por três lados. – O Sol é de todos...

Durante algum tempo, permaneceram em silêncio, contemplando o lago cada vez mais brilhante.

– Porque não continua a cantar? – perguntou João Salvador ao fim de alguns minutos – Tem uma voz tão bela! Nunca ouvi nenhuma que fosse tão pura. Para além disso, sabe servir-se dela. Teve lições de canto?

João Salvador, Príncipe da Toscana

– Naturalmente, porque sou cantora. Ou melhor, vou ser. Dentro de um mês estreio-me na ópera de Viena – concluiu com um tudo-nada de vaidade. – Se gosta da minha voz, deve lá ir escutar-me.

O arquiduque prometeu com presteza ir ouvir a sua nova amiga. Chamava-se Ludmila Stubel, a quem chamavam simplesmente Milly, e vinha de uma boa família burguesa. Simples e alegre como um pequeno regato da montanha, tagarelava jovialmente sem parar e ao escutá-la João Salvador perguntou-se se o destino não lhe estava a dar uma resposta às questões angustiantes do seu coração permanentemente vazio. Soube de imediato que se alguma vez amasse alguém não podia deixar de ser esta jovem maravilhosa e límpida, que o olhava de forma tão simpática através da espessa franja dos seus cílios negros.

Talvez por sentir que ela iria ter um lugar eminente na sua vida e porque compreendia, com a sua desconfiança instintiva de italiano, a necessidade de sondar esta jovem desconhecida, ocultou a sua real identidade, apresentando-se como sendo Johann Müller, engenheiro, de férias por alguns dias nas margens do lago, em casa de amigos.

Milly, por seu lado, permanecia em Gmunden, uma aldeia vizinha, com os seus pais. Daí a alguns dias partiria para Viena onde certamente a esperava a glória e a vida exaltante de uma grande *prima-donna*.

Enquanto esperavam, os dois decidiram ver-se no mesmo lugar todas as manhãs durante a semana que agora começava.

Contudo, quando a dita semana terminou, já há três dias que não se poderia de modo algum falar de amizade entre João Salvador e Milly. Sendo ambos realistas e estando acostumados a conhecer-se com clareza, compreenderam logo que se amavam com um amor grande, sincero e generoso, um amor tão imperioso que, durante a semana seguinte, Milly, na

Tragédias Imperiais

simplicidade do seu coração, pensou que não se deveria recusar àquele que estava certa de amar para sempre. E tornou-se amante daquele que pensava ser um certo Johann Müller...

O amor que se apoderara de João Salvador era tão grande, tão poderoso também, que não pôde continuar a desempenhar durante mais tempo o papel que se tinha imposto a si mesmo, o do engenheiro Johann Müller, um simples burguês de Viena.

Antes mesmo do dia de se separarem, desvendou a Milly a sua verdadeira identidade. Ela não se tinha entregue a um rapaz qualquer, mas a um príncipe e, de facto, confessando-lhe esta verdade, não deixava de estar apreensivo: como é que a jovem, tão simples e tão fresca, iria encarar o que não deixava de ser, apesar de tudo, uma descarada mentira, a primeira, mas que poderia anunciar outras?

Ela mostrou-se surpreendida, é claro, mas a sua reacção foi tão natural que encantou João Salvador.

– Que sejas príncipe ou burguês, o que é que isso importa? De qualquer forma, uma cantora não é feita para o casamento. Podemos pertencer-nos sem escândalo. Não há ninguém em Viena que não considere normal que um arquiduque tenha por amante uma cantora e eu não te pedirei mais nada do que o teu amor!

– Sabes bem que este amor será teu enquanto eu for vivo, Milly! Mas eu queria tanto que te tornasses minha mulher.

– Ludmila Stubel, arquiduquesa da Áustria? Sabes bem que isso é impensável. Mesmo quando o príncipe Rodolfo, o teu primo, se tornar imperador não poderá permitir-te uma tal loucura. Mas se somos felizes, não será suficiente? Contentemo-nos com isso...

– Talvez, mas deixa-me apresentar-te pelo menos à minha mãe. Ela é maravilhosa e compreenderá.

João Salvador, Príncipe da Toscana

Assim, na véspera dela partir para Viena, a futura cantora da Ópera entrou, a desfalecer, no grande castelo de Orth, para aí fazer a reverência diante da ex-grã-duquesa da Toscana. Tinha certamente muito mais medo do que se se tratasse do imperador em pessoa.

As coisas, no entanto, correram com grande simplicidade.

– Mãe – disse João Salvador –, esta é a Milly. Canta como um anjo. Ela ama-me... e eu amo-a!

– Então, também a amarei – foi a sua simples resposta, e até à noite Milly, emocionada e conquistada, cantou para a mãe e para o filho.

De regresso a Viena, a jovem teve um sucesso imediato. Quanto àquele a que agora chamava Gianni, como sucedia com a mãe, fez incursões muito mais frequentes à capital, outorgando-se autorizações que ninguém, aliás, pensava recusar a um coronel. Nem ele nem Milly podiam viver separados senão com grandes penas.

Em Viena, o arquiduque voltou a ver Rodolfo, sempre em trânsito entre dois amores, e Moritz Szeps, que continuava severamente vigiado. Foi um erro, porque em breve houve altas instâncias que julgaram as suas viagens demasiado frequentes e, um belo dia, João Salvador soube pelo seu general que não queriam mais vê-lo deixar Linz tantas vezes. Foi uma catástrofe: como encontrar-se com Milly se lhe interditavam Viena?

Foi Milly que encontrou a solução, uma solução que dava a justa medida do seu amor.

– Vou eu ter contigo – disse ela simplesmente. E tão naturalmente como se lhe tinha entregue, Milly, abandonando uma bela carreira, disse adeus à Ópera e foi enterrar-se no lugar mais distante da província para aí viver discretamente junto do príncipe que amava.

– De hoje em diante tu serás a minha carreira – disse-lhe ela, lançando-se-lhe ao pescoço no cais da gare de Linz. – Não tenho mais nada a fazer neste mundo senão amar-te.

Tragédias Imperiais

Para o exilado foi a felicidade. Todavia, como contentar-se com o que tem não é próprio do homem, esta felicidade, por grande que fosse, não extinguiu a sede de poder que no arquiduque existia. Acontece que, de súbito, lhe surgiu uma ocasião: a Bulgária, que acabava de depor o seu rei, procurava outro.

Ora, a Bulgária, que era uma posição chave nos Balcãs, sempre estivera no centro das preocupações de João Salvador e de Rodolfo, devido ao seu projecto de Estados federados. Assim, depois de uma breve troca de cartas com o primo, o amante de Milly decidiu-se por um gesto espectacular: propor a sua candidatura ao trono vago.

Fê-lo abertamente, como uma espécie de bravata lançada ao destino, esperando assim que este lhe concedesse a desforra em relação a Francisco José. Mas não havia desforras contra o imperador, não se lutava contra ele... João Salvador não só não se tornou rei da Bulgária, mas, para além disso, teve de suportar uma das mais terríveis cóleras imperiais.

Substituído definitivamente nas suas funções militares, devolvido sem pré-aviso à vida civil, aquele que poderia ter sido um dos maiores estrategas europeus recebeu ordem para se retirar para o seu castelo de Orth e, apesar da presença de Milly, o golpe foi terrível. João Salvador sentiu-se vencido, aniquilado e acabado e se não soçobrou depois desta queda vertical não foi graças ao amor, mas graças ao ódio. Associado a Rodolfo, que via secretamente muitas vezes e que mordia o freio em Viena, lançou-se numa conjura contra o imperador que roçava a alta traição.

Os dois primos viraram para a Hungria, sempre semi-revoltada, os seus olhos e as suas ambições. Fomentaram uma insurreição no termo da qual Rodolfo poderia cingir a coroa húngara, ao passo que João Salvador se contentaria com a da Áustria, a menos que construísse para si um reino, o da Ístria-

João Salvador, Príncipe da Toscana

-Dalmácia. Perspectivavam uma federação que se estenderia do lago de Constança até ao mar Egeu.

As máquinas impressoras de Szeps trabalhavam clandestinamente ao seu serviço, lançando as sementes nos espíritos e alimentando as esperanças. Entretanto, João Salvador, que se atribuíra o cargo de caixeiro-viajante da federação, circulava incessantemente fora da Áustria com Milly, preparando contactos, dando matéria às inteligências e assegurando apoios. Tinha recuperado um gosto ardente pela vida, porque parecia que todas as esperanças lhe eram desde agora permitidas. Mas depois...

Mas depois, numa manhã de Inverno, os ecos de uma notícia pavorosa fizeram erguer uma tempestade no Traunsee, o lago dos seus primeiros amores, onde Gianni e Milly foram passar as festas natalícias, uma notícia com que o arquiduque revoltado pensou que morria de comoção: Rodolfo acabava de se suicidar em Mayerling em companhia da pequena baronesa Vetsera, que lhe fora lançada nos braços, alguns meses antes, pela sua maléfica prima, a condessa Larisch-Wallersee.

Durante muito tempo, João Salvador procurou compreender o que se passara de facto. Teria sido o amor que conduziu Rodolfo a este fim insensato, ou a conjura húngara, descoberta agora, levara o príncipe a esta saída fatal, por temer as graves responsabilidades que poderiam de um momento para o outro recair sobre si? Dado que os problemas da Hungria se tornavam tão extraordinários, o filho de Francisco José teria recuado, não aplicando o golpe de força que era, presentemente, a única forma de obter a vitória, derrubando o pai... Ou o caso com Vetsera não seria senão um pretexto, um álibi, destinado a mascarar o drama verdadeiro, o da supressão de um perigoso conspirador?

Independentemente do que tivesse acontecido, os disparos de Mayerling fizeram, de facto, quatro vítimas, porque, pas-

165

Tragédias Imperiais

sado o primeiro momento de desespero, João Salvador reagiu de uma maneira tão estranha quanto imprevisível.

– Não devo, não quero... nunca mais vou conseguir ter a vida que foi a minha até aqui – disse ele a Milly. – Recuso o meu título de arquiduque, bem como o de Alteza Imperial. Não quer continuar a ser um fantoche pretensioso, um manequim passado de moda manipulado por um velho raivoso. Quero ser um homem livre, seguir apenas a minha consciência e não depender senão de mim mesmo, na plena liberdade de pensar em voz alta e de agir à minha maneira. Pretendo viver no futuro apenas dos rendimentos da minha fortuna pessoal, que não é grande, e sem nunca mais custar ao tesouro imperial um só *kreutzer*...

Milly não era das que discutiam quando o seu senhor tomava uma decisão. Algum tempo depois, apesar das súplicas da família, aterrorizada com as consequências do seu gesto, João Salvador escreveu ao imperador para lhe dar a conhecer, com todas as fórmulas de respeito requeridas, a sua decisão de renunciar ao seu estatuto, títulos, apanágios e prerrogativas para passar a ser um simples súbdito austríaco com o nome de Johann Orth.

Atingido com demasiada crueldade pela morte do filho para sentir a mínima indulgência com este rebelde que considerava, em parte, responsável pelos erros de Rodolfo, Francisco José respondeu com um decreto que ia ainda mais longe, retirando ao revoltado a nacionalidade austríaca e proibindo-o de residir nos limites do Império.

Segundo testemunhas dignas de crédito, uma cena derradeira e medonha terá posto frente a frente o velho imperador e o ex-arquiduque, uma cena de que o segredo não foi de forma alguma revelado, mas cuja ressonância conseguiu ultrapassar os muros espessos de Hofburg. Mas quando, branco de raiva, João Salvador desceu a grande escadaria do palácio imperial, sabia que nunca mais as voltaria a subir.

João Salvador, Príncipe da Toscana

De volta a casa, no pequeno apartamento da Augustinerbastei que ocupava com Milly durante as estadias em Viena, deu conta à jovem da sua decisão de deixar a Áustria, e mesmo a Europa, para ir iniciar longe uma vida nova.

– Tu és livre, Milly, de me seguires ou não. O exílio é uma prova dolorosa, mesmo quando se ama.

– Estou pronta a seguir-te para onde quiseres, nem que seja para o fim do mundo, se necessário for. Sabes bem que a minha vida és tu e só tu.

Seguro deste lado, restava a João Salvador cumprir um dever antes de se afastar: recuperar junto da condessa Larisch um certo cofre de ferro que Rodolfo, antes de partir para Mayerling, lhe confiara com o pedido de o entregar a quem lho pedisse e desse como sinal de reconhecimento as quatro letras gravadas na tampa: R.I.U.C.

Numa noite glacial, a condessa, bastante assustada, recebeu uma ordem misteriosa: ir com o cofre aos jardins da praça Schwartzenberg.

Era tarde, o local era solitário e a prima de Rodolfo, mais morta do que viva, viu chegar junto de si um homem com um grande chapéu negro na cabeça e que lhe disse as quatro letras convencionadas. Ela entregou-lhe o pequeno cofre, mas a noite não estava suficientemente escura para que os seus olhos penetrantes não tivessem reconhecido João Salvador.

– Não temeis, Senhor, que este depósito vos faça correr um grande perigo? – perguntou ela.

– E por que razão, condessa? Saiba isto: também eu morri.

Após uma curta reflexão, acrescentou ainda com sarcasmo:

– Morri, mas vou continuar vivo...

Passados alguns instantes, desapareceu nas sombras da noite.

A 26 de Março de 1890, o brigue *Santa Margharita*, sob o comando do capitão Södich, deixava Portsmouth, tendo a

Tragédias Imperiais

bordo o proprietário do barco, um austríaco chamado Johann Orth. O navio atravessou o Atlântico e aportou a Buenos Aires.

A 10 de Julho, Johann Orth escreveu desta cidade a um dos seus amigos vienenses, o jornalista Paul Heinrich, para lhe dizer que ficara satisfeito com a viagem e que se dispunha a continuar para explorar a Patagónia, a Terra do Fogo e a região do cabo Horn. Todavia, contava assumir ele mesmo o comando do *Santa Margharita*, obrigado a deixar em terra o capitão Södich, sem dúvida pouco disposto a empreender uma viagem tão perigosa. A partida estava prevista para esse mesmo dia.

Deste modo, o Santa Margharita enfunou as velas e tomou a direcção do Sul. Nunca mais ninguém o voltaria a ver ou, sequer, ouviria falar dele. O enigma de Johann Orth começava, uma vez que não foi possível encontrar em parte alguma o menor vestígio dele. Navio e tripulação, passageiros e comandante, tudo desapareceu como se uma mão gigante os tivesse apagado de súbito da superfície do mar. Não apareceu o menor destroço, admitindo que tivesse naufragado, apesar das buscas extremamente minuciosas empreendidas sob as ordens de Francisco José, que, maugrado o seu rancor, enviou um navio à procura dos desaparecidos. Por fim, passado algum tempo, a Corte de Viena anunciou oficialmente o desaparecimento do príncipe da Toscana. No entanto...

No entanto, a mãe de João Salvador nunca pôs luto por um filho que, porém, ela adorava e isso até à sua morte, ocorrida em 1898. As famílias dos marinheiros do *Santa Margharita* nunca apresentaram a menor reclamação, o menor pedido de auxílio. Estranhos negócios de seguros puderam fazer supor que o arquiduque não estava morto e que o navio perdido aportara a La Plata, em Dezembro de 1890.

168

João Salvador, Príncipe da Toscana

Produziu-se então o fenómeno costumeiro depois do desaparecimento de um príncipe: muitas pessoas pretendiam ter encontrado Johann Orth: no Chile, na África Ocidental, na Patagónia, até na ilha de Juan Fernandez – onde viveu Robinson Crusoé – e na Índia, acompanhado de Milly e dos seus filhos, porque, é claro, Milly também desaparecera sem que alguém lhe pudesse ter detectado o rasto.

Ora, coisa estranha, os que pretendiam ter encontrado João Salvador raramente mencionavam também Milly, com mais uma excepção na história rocambolesca que se ficou a dever por inteiro à inesgotável imaginação da incurável condessa Larisch-Wallersee, que disse ter visto o jovem casal num maciço montanhoso no interior da China...

Resta um último testemunho, o mais convincente de todos, o de um viajante francês, o conde Jean de Liniers.

Este teria encontrado na Patagónia, junto do vulcão Fitz--Roy, um estranho rancheiro, Fred Otten, que vivia com um inglês e um alemão. Este Fred Otten ter-lhe-ia confessado um dia não ser outro senão o misterioso Johann Orth. Quanto a Milly, Otten teria rompido com ela antes mesmo de deixar a Inglaterra. Neste caso, todavia, o que teria acontecido à jovem e por que razão também ela não deixara rasto?

Dois anos mais tarde, o conde de Liniers voltou à região do vulcão. No entanto, desta vez apenas encontrou uma tumba. Seria a de João Salvador? Ou então dever-se-ia procurar noutro lado, no Brasil talvez, onde a antiga família imperial poderia ter, quem sabe, bastante a dizer sobre o desaparecimento tão misterioso da quarta vítima de Mayerling?

Imperadores da Alemanha...

O amor romântico de Guilherme I

A 18 de Janeiro de 1871, na célebre Galeria dos Espelhos do castelo de Versalhes, a França, vencida, conheceu a pior das humilhações. No mais belo palácio do universo, nesse palácio onde se desenrolaram dois dos séculos mais gloriosos da França, foi proclamado o império alemão...

Assim o quis Bismarck, o "chanceler de ferro", o homem que nunca soube ver em França mais do que um país apropriado para aí fazer despontar as paixões. Sob o dossel de seda e ouro que foi instalado para a circunstância, o rei Guilherme da Prússia tornou-se no imperador Guilherme I.

Se o império era novo, ele já não o era. Era um homem idoso de 74 anos, duro e taciturno, um gigante bastante parecido com o homem que o colocara onde agora estava. A França sentia por ele apenas ódio, um ódio bastante legítimo, mas ele pouco se preocupava. Para além da coroa imperial que a sua cabeça obstinada iria ostentar, nada verdadeiramente o interessava neste vale de lágrimas. Tinha mulher, que nunca amara, filhos e netos, mas o seu coração, escondido há muito tempo sob o uniforme e as condecorações, só raramente se manifestava. Talvez o povo transido e cheio de ódio que, com cólera e lágrimas no fundo dos olhos, via brilhar na bruma o

173

Tragédias Imperiais

fantasma de pedra das suas glórias extintas tivesse sofrido menos se pudesse ter adivinhado que o velho imperador em direcção de quem Bismarck fazia chegar os vivas das aclamações guerreiras não entendia, talvez, grande coisa do que se estava a passar. Em lugar dos ouros de Versalhes, talvez visse, no fundo da sua memória, os ouros de Charlottenburg e, sob os lustres iluminados de uma sala de baile, um jovem loura, de vestido branco, que dançava...

Tudo tivera início 50 anos antes, no mês de Junho de 1820, quando o rei Frederico Guilherme III da Prússia, pai de Guilherme, começara a ter algumas preocupações em relação ao seu filho mais novo. De facto, desde há algumas semanas que o jovem Guilherme, de 23 anos, dava sinais indubitáveis e inquietantes de desordem sentimental.

O que era evidente era que o príncipe já não comia, perdera o sono e, sonhando mais do que devia, tinha em quase todo o lado e em todas as circunstâncias, mesmo durante as revistas militares, uma expressão sonhadora e romântica inteiramente susceptível de enternecer o coração sensível das berlinenses, mas que era absolutamente incompatível com a sua patente de coronel. As mexeriqueiras da Corte segredavam com gosto nos corredores de Charlottemburg que o objecto da paixão oculta do príncipe era uma jovem esplendorosa de dezasseis anos, a princesinha Elisa, filha do príncipe Antony-Henryk Radziwill, governador de Posen. Ora, o rei da Prússia, que apreciava as vozes de comando dadas a plenos pulmões, tinha verdadeiro horror aos cochichos...

Para esclarecer mais seguramente este assunto, o rei, após madura reflexão, decidiu confiá-lo a um homem que tinha em alta estima e que considerava o mais arguto psicólogo do seu reino, o conde von Schilden, grande mestre-de-cerimónias.

– Fala-se um pouco de mais do príncipe Guilherme actualmente – disse-lhe ele. – Não gosto disso e desejaria que se

O amor romântico de Guilherme I

dedicasse, meu caro conde, a um inquérito discreto, mas aprofundado, acerca dos sentimentos que são atribuídos ao meu filho em relação à pequena Radziwill. Ele ama-a? E até que ponto foram as coisas? Não muito longe, espero eu, porque convém que o príncipe saiba que um homem da sua posição, mesmo se não está destinado ao trono, não se casa para seu prazer, mas para felicidade do seu país. Então? Que sabe do assunto?

– A opinião da Corte é... que o príncipe está verdadeiramente apaixonado, *Sire*. Mas a opinião da Corte não passa de...

– A opinião da Corte! Sei bem qual ela é. Mas o que pensam? Como vêem este idílio, se há, de facto, idílio?

Von Schilden fez o gesto de tirar o lenço e enxugar o nariz, porque deste modo ganhava alguns segundos para reflectir. Mesmo assim, quando se decidiu a responder, fê-lo com prudência:

– Com um olhar que qualificaria... como bastante enternecido, Majestade! A jovem princesa é extremamente encantadora! Para além disso, pertence a uma grande família e Vossa Majestade sabe como as pessoas daqui são sensíveis às histórias de amor. A juventude do príncipe, a sua aparência cheia de elegância, o seu encanto fazem com que...

– Basta, conde! Não quero que me presenteie com um qualquer mau romance imaginado pelas comadres do palácio. O que eu quero é ficar ciente da verdadeira profundidade dos sentimentos do meu filho e sobretudo, *sobretudo*, saber se já falou de casamento a essa *atrevida*. Vá, e venha depois fazer-me um relatório circunstanciado!

O pobre von Schilden saiu do gabinete real bastante embaraçado com a sua missão. Como todos em Berlim, notara a inclinação evidente que o segundo filho do rei manifestava pela delicada Elisa e, como todos também, pensava que tudo ia pelo melhor no melhor dos mundos. A jovem pertencia à

Tragédias Imperiais

velha nobreza polaca, tinha sangue real e a sua família era até aliada da família real da Prússia. Como o estatuto de segundo filho que Guilherme ocupava não o obrigava imperiosamente a desposar uma princesa real, von Schilden pensava que este casamento era desejável sob todos os pontos de vista. Mas a sua conversa com o rei colocara tudo em causa. Havia sobretudo essa palavra desagradável, esse epíteto de "atrevida", que, aplicada por Frederico Guilherme III à pequena Radziwill, parecia indicar que não a apreciava.

Na verdade, a argúcia tão elogiada do mestre-de-cerimónias limitava-se a um conhecimento aprofundado da Corte, dos seus princípios, usos e costumes e da sua minuciosa etiqueta. Não sabendo exactamente como levar a cabo a sua missão, pensou que o melhor seria proceder o mais directamente possível e, sem tardar, foi realmente ter com o interessado, pelo qual, aliás, e como quase toda a gente em Berlim, sentia uma certa ternura.

Com 23 anos, Guilherme da Prússia era, na verdade, um muito belo rapaz, muito alto, de compleição atlética e com uns ombros nos quais o uniforme assentava maravilhosamente bem. Os seus cabelos louros claros coroavam uma testa mais alta e uma cabeça mais inteligente do que a média. Os seus olhos, de um azul cândido, corrigiam o que o seu nariz direito e os seus lábios cerrados pudessem ter de alguma severidade. A tez era rosada e fresca, a mão nervosa, o pé elegante e, em geral, o jovem Guilherme gozava junto das mulheres de uma grande popularidade.

Indo ter com ele ao belo parque que fora traçado outrora por Lenôtre, o famoso jardineiro do rei francês Luís XIV, von Schilden pensou, suspirando interiormente, que era, na verdade, uma pena perturbar a felicidade de um rapaz tão simpático. Mas ordens eram ordens e não era aconselhável desobedecer ao rei da Prússia.

176

O amor romântico de Guilherme I

– Perdoe-me tê-lo feito vir até aqui – começou o príncipe –, mas sabe, meu caro conde, como detesto os salões. Só estou verdadeiramente feliz no seio da natureza. Quer ir andando ao longo do Spree?

– Às ordens de Vossa Alteza! Agradeço-vos vivamente, pelo contrário, o carácter íntimo que, de facto, pretende dar à nossa conversa... carácter que, aliás, me parece perfeitamente adequado ao género de missão de que fui encarregado por Sua Majestade o rei.

Se este preâmbulo inquietou Guilherme, não o denunciou:

– Pelo rei? Essa agora! Muito bem, fale! Eis-me pronto a escutá-lo.

Apesar da beleza do cenário, von Schilden bem gostaria de estar noutro lado, mas era necessário resolver o assunto. Com muitos desvios e circunlóquios, conseguiu, por fim, pôr Guilherme ao corrente da entrevista com seu pai.

– Aí tendes! – murmurou em conclusão e com grande alívio. – Em resumo, estou encarregado de saber da parte de Vossa Alteza se amais ou não a princesa Elisa.

Guilherme não teve a mínima hesitação:

– Amo, conde von Schilden, amo com toda a minha alma! Infelizmente, ignoro, por enquanto, se sou amado...

O alívio do embaixador aumentou. Deus seja louvado. Ainda não se falara de casamento! Era tudo o que contava, porque, quanto ao resto, considerando bem a silhueta elegante do príncipe, o seu belo rosto e o seu encanto, a hipótese de que o seu amor não fosse correspondido relevava da mais pura inconsciência. Se a bela Elisa não amasse este rapaz, nunca amaria ninguém! Ou então, era louca!... Mas Guilherme ainda não acabara:

– É claro que a princesa Elisa – suspirou – parece ver-me de forma favorável e mesmo com prazer, mas ainda não me senti autorizado a falar-lhe de amor. Por outro lado...

Tragédias Imperiais

Von Schilde susteve a respiração.

– Por outro lado?

– Não ignoro – continuou Guilherme com um sorriso cheio de melancolia –, não ignoro que um casamento com ela poderia encontrar alguma resistência da parte de meu pai, que tem, por vezes, ideias imprevisíveis. Ele poderia ser o único obstáculo, porque, fora disso, não encontro outro. Os Radziwill pertencem a uma nobreza tão antiga quanto os Hohenzollern e a própria mãe de Elisa é nossa prima, porque é sobrinha do grande Frederico.

– Vossa Alteza conhece a predilecção de Sua Majestade pelas princesas estrangeiras.

– Será que Elisa não é polaca? – perguntou Guilherme com um sorriso um pouco irónico.

– Vossa Alteza sabe o que eu quero dizer. A Prússia sofreu tanto devido a esse malvado Napoleão (que Santa Helena o guarde!) que o rei procura alcançar o máximo possível de apoios fora das fronteiras do reino.

– Sei tudo o que devo à memória da minha mãe bem--amada [4] – murmurou o príncipe – e essa é a razão por que, até agora, não deixei falar o coração. Eis aqui, conde von Schilden, o que pode contar ao rei. Acrescentai que, se for essa a sua vontade, farei por esquecer um amor que não teria a sua aprovação, mas que lhe suplico que reconheça não se tratar de uma paixoneta... mas sim de um grande, de um profundo amor.

Virando as costas ao mensageiro, o príncipe afastou-se com as mãos atrás das costas para continuar sozinho o seu passeio junto à água que corria lenta e onde se reflectiam as roseiras e os últimos raios do Sol.

_____

[4] A célebre rainha Luísa da Prússia, que Napoleão encontrou em Tilsitt.

O amor romântico de Guilherme I

Frederico Guilherme III mostrou-se muito satisfeito com os resultados obtidos por von Schilden. A obediência de que o seu filho dava mostras era encorajadora, mas sabendo que as forças humanas têm limites quando se trata do amor, pensou que poderia ser conveniente tomar algumas precauções.

– Nestas condições – disse ele ao seu emissário –, não quero nem posso proibir o príncipe Guilherme de se encontrar com a princesa Elisa. Mas tomará pessoalmente providências, von Schilden, para que um dos meus ajudantes de campo acompanhe sempre o meu filho quando for ao palácio Radziwill. Ainda que ignoremos os sentimentos dessa jovem, é preferível não tentar o diabo!

Os sentimentos de Elisa? Eram de uma simplicidade tocante: adorava Guilherme já há dois anos e, apesar da sua pouca idade, sabia perfeitamente que nunca amaria mais ninguém.

Depois de ter feito, muito recentemente, a sua entrada no mundo público, a jovem polaca não conseguia imaginar que a vida não fosse uma série contínua de festas onde dançaria com Guilherme, de caçadas em que seguiria Guilherme, de paradas militares onde aplaudiria Guilherme e de instantes deliciosos de solidão a dois em que veneraria Guilherme na mais completa tranquilidade. De modo algum necessitara que ele confessasse o seu amor para tudo saber desse amor. Esta ternura mútua devia estar inscrita no céu desde toda a eternidade para servir de exemplo a todos os apaixonados da terra, exactamente como Romeu e Julieta, mas esperando, apesar disso, que as coisas terminassem melhor!

Era verdade que quando consultava o espelho este se mostrava encorajador. Podia ver nele a imagem loura e rosada de uma frágil, mas deliciosa jovem, cujo encanto e brilho faziam lembrar irresistivelmente as porcelanas da Saxónia. Para além disso, era inteligente, culta e boa executante musical. Porque tinha uma alma excelente, os seus únicos defeitos

Tragédias Imperiais

aparentes limitavam-se a um estouvamento bastante desculpável na sua idade e uma propensão acentuada para a impertinência. Por isso, adorava "enraivecer" Guilherme quando este vinha a casa dos seus pais para uma das suas longas visitas e durante as quais se comportavam como crianças brincalhonas. No entanto, noutros momentos, Elisa e Guilherme podiam ficar silenciosos durante horas e acontecia passearem de um lado ao outro do jardim sem trocarem palavra, surpreendidos ambos por sentirem que um tal silêncio podia ser tão eloquente.

Infelizmente, depois da intervenção de von Schilden, que a jovem ignorava, bem entendido, as suas relações modificaram-se sensivelmente.

Em primeiro lugar, durante uma quinzena mortal, Guilherme não pôs os pés no palácio Radziwill. Mais: convidado para uma recepção, desculpou-se com um bilhete curto e protocolar que alegava uma partida súbita em manobras com o seu regimento. O bilhete estava endereçado à mãe de Elisa e a pobre criança esperou em vão uma carta do seu amigo. Mas aconteceu pior!

Numa bela tarde, Guilherme reapareceu, por fim. Elisa, toda feliz, precipitou-se ao seu encontro, como fazia habitualmente quando ouvia no pátio o passo do seu cavalo, gritando:

– Guilherme! Meu querido príncipe! Finalmente! Como estou feliz!

O seu entusiasmo cessou no último degrau da escadaria de mármore, porque, em vez de subir metade do caminho em direcção a ela com as mãos estendidas, como era seu hábito, o querido Guilherme ficou hirto, em pose de sentido e dobrou-se metodicamente pela cintura numa saudação das mais protocolares. Porém, um velho general, de pé, atrás dele como se lhe quisesse substituir a sombra, fazia outro tanto:

O amor romântico de Guilherme I

– Estou feliz por vos rever, Elisa! A princesa, vossa mãe, quererá receber-me?

A jovem teve uma surpresa tão dolorosa que ficou sem voz. O que significava aquele velho general e por que razão Guilherme o trouxera consigo? O príncipe deve ter compreendido a interrogação muda da sua amiga, porque se virou ligeiramente para o seu mentor.

– Ia-me esquecendo de vos apresentar o general von Hersfeld, que o rei, meu pai, encarregou especialmente de velar por mim.

Excepcionalmente, o sentido de humor de Elisa não funcionou. Essa agora, por que razão teria Guilherme necessidade de que o escoltassem quando a vinha ver?

– A minha mãe está em casa – disse ela por fim maquinalmente. – Vou anunciar-vos.

Retendo as lágrimas, voltou ao vestíbulo do palácio, seguida de Guilherme e do velho general...

Nunca houve visita mais lúgubre do que a que o príncipe Guilherme, tendo ao lado o velho general seu mentor, fez à princesa Radziwill. Esta olhava alternadamente para sua a filha Elisa, cujo desgosto não escapava ao seu olhar, e para o príncipe, que, literalmente, parecia ter perdido a disposição. A jovem, por seu lado, estava completamente desesperada. Nunca experimentara esta sensação de abandono, de solidão e de intenso sofrimento. Mudaram o seu querido Guilherme!

Para tentar afastar a angústia que se avizinhava, tentou uma manobra de diversão. Levantou-se e disse:

– Esqueci-me de vos dizer, caro Guilherme, temos uns novos póneis e são absolutamente magníficos. Quereis ir vê-los?

O príncipe levantou-se instantaneamente, como que movido por uma mola, mas sem deixar por isso o seu ar solene, e respondeu:

Tragédias Imperiais

– Ficarei encantado. Vou consigo.

Se Elisa se alegrou de alguma forma por o ter, por fim, arrancado do salão, essa alegria durou pouco. O velho general ergueu-se ao mesmo tempo que Guilherme e dispôs-se a seguir-lhe as pisadas. A esperança de estar só com ele por uns instantes desvaneceu-se em fumo. Onde estavam as doces conversas anteriores? E como deixar falar o coração sob o olhar austero de um velho militar de pernas arqueadas?

Retomou a coragem ao recordar-se de que iria haver um baile no palácio real dentro de alguns dias e que, em geral, Guilherme só com ela dançava as danças obrigatórias e, portanto, também as *corvées*, que eram perfeitas.

Infelizmente, embora antes de deixar o palácio Radziwill o seu espelho lhe tenha confirmado que estava deslumbrante, o querido Guilherme não a convidou senão uma vez e quando terminada a dança a conduziu ao bufete para um refresco, a jovem não deixou de verificar... que o general von Hersfeld os seguira como uma sombra. Por outro lado, ao regressar a casa depois deste baile horrível, a pobre jovem não encontrou nada mais sensato para fazer do que lançar-se sobre a cama, a soluçar.

– Já não me ama!... – balbuciava ela entre duas crises de lágrimas – Já nem me vê! Talvez me tivesse enganado! Talvez nunca me tenha amado!... Oh! Guilherme! Guilherme!... Porquê?

Se fosse mais experiente, Elisa teria notado a tristeza evidente do príncipe e talvez também os olhares dolorosos que ele lhe lançava às escondidas. Mas ela era a própria inocência e, para além disso, ligeiramente míope.

De facto, o infeliz Guilherme também sofria o seu martírio. Adorava Elisa, amava-a mesmo mais do que nunca. Era-lhe necessário usar todas as suas forças para se controlar na sua presença e continuar fiel à linha de conduta implacável que a

O amor romântico de Guilherme I

si mesmo tinha imposto. Mas, na verdade, isso era cada vez mais difícil, cada vez mais cruel, e o pobre rapaz perguntava-se quanto tempo mais poderia ainda suportar estoicamente o seu suplício.

Ora, numa noite, na altura de se despedir da princesa Maria, mãe de Elisa, à saída de uma festa do palácio Radziwill, os nervos demasiado tensos do infeliz fraquejaram bruscamente. Durante toda a noite, Elisa fugira-lhe como da peste. Nem sequer sorriu quando chegou e esta distância desdenhosa da sua bem-amada era mais do que ele podia suportar...

Foi terrível! Ao levar aos lábios a mão da princesa Maria, Guilherme começou a soluçar de uma forma tão desesperada que causou, naturalmente, uma grande sensação na assistência, uma sensação tal que, ao ter conhecimento do incidente, o mestre-de-cerimónias, von Schilden, que pensava que o caso Radziwill estava definitivamente enterrado, julgou desfalecer de horror.

Mas Guilherme não poderia evitar os sobressaltos de von Schilden. Já sofrera demasiado e, mal chegou a casa, correu para o seu gabinete e rabiscou febrilmente algumas palavras:

"Eu amo-vos! Nunca amei nem irei amar alguém senão a vós [...] e nem sequer tenho o direito de vo-lo dizer [...]"

Ao receber este bilhete, Elisa, uma vez mais, começou a soluçar, mas desta vez eram lágrimas de felicidade e de consolo. Nunca havia passado tanto desassossego...

Durante o Inverno de 1821, foram dadas grandes festas no palácio real de Berlim em honra da princesa Carlota, irmã de Guilherme, que desposara o grão-duque Nicolau, herdeiro do trono de todas as Rússias, e que vinha de visita com o seu marido. Sucederam-se bailes, concertos, quadros vivos, banquetes e a jovem Elisa participou naturalmente em todas estes festejos com o belo entusiasmo da sua idade e porque o seu céu pessoal já não tinha nuvens. Vivia num sonho completo,

Tragédias Imperiais

não vendo mais nada em todas estas multidões brilhantes do que o seu querido Guilherme – unicamente –, desdenhando mesmo as homenagens que a sua beleza atraía por parte do príncipe herdeiro Frederico Guilherme... Não passava do irmão do seu bem-amado!

Quanto a Guilherme, vogava em pleno romantismo com a estranha sensação de que se arriscava a todo o instante a morrer asfixiado com a intensidade do seu amor. Uma noite, este jovem sólido esteve mesmo prestes a desfalecer quando contemplou, num dos quadros vivos, a sua Elisa a desempenhar o papel de uma jovem huri, envolta em musselinas azuladas, retida por guardiães ferozes à entrada do Paraíso. A sua alma sensível viu no episódio um presságio.

Noutra noite, num baile onde ela apareceu com um vestido de seda branca guarnecida de cisnes de neve, achou-a tão bela que esteve quase a chorar outra vez. Nunca ninguém amou como ele amava! Nunca a sentimentalidade prussiana atingira num príncipe um grau tão elevado!

No entanto, houve alguém na Corte a quem este estranho comportamento não escapara.

A princesa Carlota – que se tornara pela graça do seu casamento e da igreja ortodoxa russa a grã-duquesa Alexandra Feodorovna, enquanto aguardava o momento de se tornar czarina – sentira sempre pelo seu jovem irmão uma secreta preferência. Conhecia-o bem e o seu lado de perfeito apaixonado, apesar de ser uma novidade, não lhe passara desapercebido. Uma bela manhã, pôs-se em campo para o fazer confessar.

– Diz-me, Guilherme, a Elisa, tu ama-la?

– Se a amo! Adoro-a e não consigo imaginar a existência sem ela. Renunciar a Elisa é uma ideia que me é cada vez mais dolorosa à medida que o tempo passa. Não pensava que fosse possível sofrer tanto por amor.

O amor romântico de Guilherme I

— Chega a esse ponto?

— É ainda pior! Se ela não se tornar minha mulher a vida não será para mim senão um interminável jugo!

— Não dramatizemos. Sabes do afecto que tenho por ti e dói-me profundamente ver-te infeliz. Prometo-te trabalhar para a tua felicidade com todas as minhas forças. Ela é encantadora, essa menina, e bem vejo que se trata de um verdadeiro amor.

— És bondosa, mas que poderás fazer?

— Pelo menos falar com nosso pai. Tenho em todo o caso algum crédito junto dele. Não te esqueças de que serei imperatriz...

Não perdeu um momento a pôr o seu projecto em acção. Infelizmente, teve o desgosto de encontrar o velho Frederico Guilherme firmemente apegado às suas concepções: o casamento com a Radziwill era "im-po-ssí-vel"! Só uma princesa real podia convir a Guilherme.

Desolada, Carlota retirou-se depois de uma hora de discussão inflamada e regressou aos seus aposentos sem ter coragem para ir relatar o seu fracasso. Foi von Schilden que Guilherme viu aparecer, enviado pelo rei, bem entendido, e com ordem para o admoestar.

Era mais do que ele podia suportar.

— Ao menos que me deixem afastar se me recusam que case com ela! Para que me obrigam a esse suplício quotidiano de a ver sem poder jamais abraçá-la?

Deixando sozinho o desgraçado mensageiro, correu a fechar-se no seu gabinete cuja porta estrondeou atrás de si...

Ora, este grito de verdadeira dor conseguiu sensibilizar o rei. Apesar de tudo, consentiu em reunir uma comissão encarregada de estudar os títulos de nobreza dos Radziwill para verificar se não seria verdadeiramente possível realizar esse casamento. Bem entendido, o presidente foi o indispensável von Schilden.

185

Tragédias Imperiais

Durante dias e dias agitaram-se pergaminhos, remexeram-se toneladas de arquivos e de poeira, mas, de facto, não foi feito de boa vontade. No entanto, toda esta grande desarrumação era dispensável, porque a genealogia destes príncipes que deram uma rainha à Polónia era das mais nobres. Não haveria o mínimo problema, se não fosse a bem conhecida teimosia de Frederico Guilherme e o medo de lhe desagradar que os súbditos da comissão lhe tinham.

Entretanto, Guilherme rejuvenescia. Todos os dias se encontrava com Elisa, na casa dela ou no palácio. Os dois passeavam muitas vezes a cavalo e à sua passagem os bons dos berlinenses sorriam com complacência. Para os dois apaixonados não era possível outro resultado que não fosse a felicidade. Tinham plena confiança nas conclusões da comissão. Mas talvez estivessem demasiado seguros...

Uma noite, após um concerto no palácio de Potsdam, toda a gente pôde ver que a menina Radziwill deixara cair um anel e que o príncipe se precipitou para o apanhar e o levar apaixonadamente aos lábios. Mas quando quis devolvê-lo a Elisa, ela abanou a cabeça com doçura e disse:

– Fica com ele! Quando tiveres lido o que está escrito no lado de dentro compreenderás o que representa.

No interior, havia, com efeito, duas palavras: "Fidelidade Eterna". Guilherme chorou de felicidade, mas o incidente desagradou profundamente ao rei. A comissão foi convidada a entregar as suas conclusões... que, é claro, foram negativas, e o pobre príncipe encontrou-se diante do pai, que, sem rodeios, lhe anunciou que o seu regimento partia no dia seguinte para Dusseldorf e que era necessário preparar-se para o acompanhar.

– Haveis ordenado manobras, Senhor? – perguntou o jovem, logo inquieto.

– Não, trata-se de reforçar uma guarnição que é insuficiente. É uma estadia de duração... indeterminada!

O amor romântico de Guilherme I

Frederico Guilherme virou a cara para não olhar para o filho, que empalidecera. Arrependeu-se bruscamente daquele papel que assumira, mas já não era possível recuar.

– A comissão concluiu... pela negativa – acrescentou. – Não há nada a fazer! Sei que te peço muito, Guilherme, mas tu és um homem! Penso que saberás comportar-te como tal...

Mas Guilherme já não ouvia nada, já não via nada. Como um autómato, fez a saudação militar, bateu os tacões e, sem uma palavra, deixou o gabinete do pai com o coração destroçado. No dia seguinte, partia para Dusseldorf.

O exílio durou três anos. Foram três anos de lamentos, de desesperos e de cartas de que mal se imagina a intensidade passional. Outras cartas partiam também, dirigidas ao rei e à família, na esperança de que alguém, enfim, tivesse piedade em face do seu suplício e lhe desse fim.

Este sofrimento que não queria extinguir-se conseguiu, apesar de tudo, vencer os preconceitos da família. Chamaram-no, finalmente, mas quando regressou a Berlim, a consternação dos seus mostrou-lhe que mudara muito. Seria este o alegre Guilherme, este rapaz alto, sinistro, magro e visivelmente desesperado? O irmão mais velho tentou chamá-lo à razão, o primo Fritz pregou-lhe sermões, o tio Jorge de Mecklemburg tentou invocar a razão de Estado. Só a sua tia Mariana, nos braços da qual soluçou interminavelmente até desfalecer de esgotamento, compreendeu a gravidade. Avisou a sobrinha, a grã-duquesa. Esta, inquieta, acabou por encontrar uma solução. Era necessário que Elisa fosse princesa real para garantir a felicidade de Guilherme? Não era preciso mais do que ser adoptada pelo czar!...

Esta ideia lançou o pobre apaixonado num delírio de alegria. Como não se teria pensado nisso mais cedo? Tendo-lhe sido perguntado, o rei admitiu que, em tais condições, o casamento poderia efectivamente ser realizado e a esperança

Tragédias Imperiais

regressou ao coração de Guilherme e ao de Elisa, que se mantinha fiel à sua palavra, embora ele não a visse há três anos.

Infelizmente, o czar, que de início anuiu, retractou-se depois. Havia impedimentos religiosos, porque para Elisa se tornar arquiduquesa deveria converter-se à Igreja Ortodoxa, abandonando assim o catolicismo em que nascera, mas para casar com Guilherme deveria mudar novamente de religião e abraçar o protestantismo. Não deixava de ser algo excessivo.

No entanto, a ideia estava lançada e toda a família queria ajudar Guilherme. Foi um dos seus tios, o príncipe Augusto da Prússia, que resolveu a questão, declarando que seria ele a adoptar Elisa. Já não havia qualquer obstáculo...

Na noite de Natal de 1824, os dois apaixonados, separados há tanto tempo, voltaram a ver-se com a emoção que é fácil imaginar.

– Depois de três longos anos de prova! – murmurou Guilherme, erguendo Elisa da sua vénia. Apresentava-se mais bela do que nunca e os seus olhos estavam cheios de lágrimas.

– Será verdade, Meu Senhor, que estejamos finalmente juntos?

Os dois dias seguintes foram maravilhosamente doces e belos para os dois jovens. Em breve se celebrava a adopção de Elisa e o noivado. No entanto, Guilherme estava impaciente. Os escrivães encarregados de estabelecer o famoso acto nunca mais o acabavam.

– Essas pessoas nunca amaram, portanto – exclamou ele, enquanto Elisa tentava que fosse razoável.

– Que importa algum atraso agora, se nada mais nos pode separar?

Nada?... Sim! A política! Esta assomou então na figura sem graça e no coração ambicioso do grão-duque reinante de Saxe–Weimar, que moveu uma campanha contra a adopção, que julgava ridícula. Isso não lhe dizia respeito, mas era pai de

O amor romântico de Guilherme I

uma filha, a princesa Augusta, que desejava ardentemente desposar Guilherme. Precipitou-se então a fazer ofertas tão aliciantes a Frederico Guilherme III que numa triste noite o infeliz príncipe recebeu uma carta do pai nos termos da qual o rei recusava definitivamente o seu consentimento e ordenava ao filho que considerasse "este assunto como encerrado". Ao mesmo tempo, Elisa era objecto de uma ordem de exílio, em conformidade com a qual deveria regressar a Posen no mais curto tempo possível. Era o fim...

A rigidez implacável do rei não concedeu sequer aos dois amorosos a dolorosa felicidade de um último encontro. Elisa, com o coração despedaçado, partiu sem voltar a ver aquele a quem jurara fidelidade eterna...

Guilherme, a princípio cheio de desespero e recusando ver quem quer que fosse, fechou-se em casa durante semanas, até que uma ordem formal o mandou reunir-se ao seu regimento na Silésia. Foi o início de uma longa e esgotante luta contra o pai, porque quando Frederico Guilherme III lhe propôs casar com a princesa de Saxe-Weimar, o jovem recusou tal projecto com aversão. Mas contra a vontade do rei ele nada podia fazer. Três anos mais tarde, Guilherme, "lavado em lágrimas e mergulhado na dor", casou com a princesa Augusta e a notícia deste casamento foi atingir ainda mais cruelmente Elisa, que estava na Polónia e cuja saúde não era das melhores.

Três anos depois, aquela que fora uma das mais belas mulheres da Europa extinguia-se como uma candeia sem azeite, feliz por se acabar uma vida que perdera para ela todo o encanto, e fiel para a eternidade ao amor dos seus 15 anos...

Cem dias para o Imperador Frederico III

Esta noite de Março de 1888, glacial e sinistra, parecia prolongar-se até ao fim dos tempos. Fazia-se sentir sobre Berlim com todo o peso das suas trevas densas, do seu frio negro, da sua neve lamacenta e da angústia dos amanhãs incertos.

Às portas do palácio onde o velho imperador agonizava, as sentinelas pareciam pregadas nas guaritas. A cidade estava inerte, a imensa casa também, porque eram bem poucas as luzes que nela velavam: eram, quando muito, algumas no corpo de guarda, no salão dos ajudantes de campo e no das damas de honor. Tudo o mais estava na obscuridade e nenhuma luz se infiltrava sob os espessos cortinados que fechavam o quarto onde o velho Guilherme I, que era também o primeiro imperador da Alemanha, estava a morrer, mas que, com 91 anos, não se resignava a deixar a terra.

Era na verdade uma estranha agonia, loquaz e shakespeareana! Deitado na sua cama, o velho imperador não parava de falar e este fluxo incessante tinha qualquer coisa de alucinado. Do fundo das brumas onde mergulhava lentamente, aquele a quem outrora, no tempo em que reinava o seu irmão mais velho Frederico Guilherme, deram o nome de "príncipe Me-

Tragédias Imperiais

tralha" passava em revista toda a sua vida, contava-a a si mesmo... a menos que fosse a outra pessoa que só os seus olhos podiam ver, uma jovem loura, morta há muito, que fora o seu único amor, que nunca teve o direito de desposar e cujo retrato, desde há anos, nunca abandonara a sua cabeceira, Elisa Radziwill, que o esperava, talvez, para além do espelho.

O que ele contava era a sua longa luta contra a França – o país que sempre detestara – quando ainda era apenas o rei da Prússia. Começara há muito tempo, quando reinava Napoleão, *o Grande*. Guilherme, que era então príncipe da Prússia, combatera contra ele em Iena e em Leipzig também, nesta batalha das nações que marcara tanto a sua vida que na velhice gostava de a contar aos seus à cadência de pelo menos três vezes por semana. Mais tarde deu-se a vitória dos aliados, a vingança dos filhos da bela rainha Luísa e, ainda muito depois, a apoteose de Guilherme: a proclamação do império alemão, em 1871, na Galeria dos Espelhos, no castelo de Versalhes, depois do esmagamento do outro Napoleão, o terceiro de seu nome...

Com a voz quebrada, anelante, parecia tirar do nada o fôlego tenaz que ainda nele habitava. Junto à cama, numa cadeira, a imperatriz Augusta, uma mulher também ela muito velha, via morrer este companheiro de tantos anos. Frequentemente, as mãos do moribundo vinham pousar sobre a dela, embora nunca tivesse havido entre ambos um amor verdadeiro, mas a pobre soberana, muito doente também, estava tão fraca que era preciso que a filha, a grã-duquesa de Bade, segurasse no seu braço para que pudesse suportar o peso daquela mão.

O lado sinistro deste quadro era completado pela própria grã-duquesa, vestida de preto da cabeça aos pés, de luto pelo filho. Para além disso, uma venda negra ocultava o seu olho esquerdo, quase perdido.

Cem dias para o Imperador Frederico III

Como única imagem viva e vigorosa nas sombras densas desta câmara mortuária, um homem esperava, mordiscando o bigode: o chanceler príncipe von Bismarck! Também ele estava velho, mas a sua velhice era sólida, consistente e robusta, a velhice de um leão que sabe que está sempre na plena posse da sua capacidade física e intelectual. Mas o leão, nessa noite, está inquieto: por tardia que fosse, esta morte vinha ainda demasiado cedo...

Dentro de alguns instantes... uma hora ou duas, talvez, mas não mais, um outro seria imperador, um outro que, todavia, tinha esperado que morresse antes do velho soberano: o príncipe herdeiro Frederico Guilherme, que, apesar da sua coragem e do seu valor militar, o "chanceler de ferro" odiava com todas as suas forças, por causa do seu liberalismo e da sua generosidade excessiva, por causa das ideias "modernas" que a sua mulher, Vicky, a inglesa, lhe insuflara.

Este não era o imperador que convinha a Bismarck, homem para quem a palavra "liberalismo" era por si só um insulto, um homem sem piedade, sem fraquezas, que apenas conhecia a força, o punho de ferro desprovido de qualquer luva de veludo. Quanto à palavra "liberdade", o chanceler nunca deve ter compreendido, nem um pouco, qual o significado. Era para ele uma doença vergonhosa...

Até este momento, esperara – deus das batalhas, como ele o desejou! – que o novo imperador não fosse Frederico III, mas antes Guilherme II, porque o *Kronprinz* Guilherme, a quem chamavam Willy, era seu aluno e Bismarck recusava-se a ver que o jovem príncipe era já um megalómano obstinado e o mais arrogante belicoso que a Alemanha alguma vez criara.

Mas estava escrito que Frederico reinaria. Quando se iniciou a madrugada de 9 de Março, a voz obstinada calou-se, por fim. A grã-duquesa de Bade levantou-se com a sua mágoa, a velha imperatriz retirou para os joelhos a sua mão entorpecida

Tragédias Imperiais

e Bismarck iludiu um suspiro... Era preciso seguir por onde o destino queria e contentar-se em esperar que este novo reinado não durasse muito tempo...

No mesmo dia, o telégrafo iria levar a notícia desta morte a muitos quilómetros longe de Berlim, a Sanremo, na Riviera italiana, a um quarto da Villa Zirio, onde também o novo imperador estava a iniciar a sua agonia. Era outro quarto de doente: o imperador Frederico III, de 56 anos, tinha um cancro na laringe e sabia que estava condenado...

Era um homem grande, magro e louro e com um belo rosto grave, adornado com uma barba e um bigode que o tornava mais parecido com um arquiduque austríaco do que com um príncipe prussiano. Apesar dos estragos visíveis da doença (desde há um mês que o príncipe trazia implantado na garganta um tubo que lhe permitia respirar), Frederico tinha uma cara pacífica e calma e olhos cheios de doçura e idealismo, que desagradavam tanto a Bismarck.

Mas tinha também uma grande coragem, uma verdadeira nobreza de alma, que era sensível mesmo àqueles que a História tornara seus inimigos. Assim, apesar das derrotas sofridas em Wissembourg e em Sedan, a França, nas colunas dos seus jornais, mostrava respeito por este príncipe mártir, que se sabia que não gostava da guerra, que era gentil e cortês, que tentara aliviar um pouco a rigidez do cerco de Paris e que era adorado pelos humildes na Alemanha.

Este paladino de uma outra época, perdido no meio do barulho das botas da Alemanha bismarckiana, encontrara uma companheira à sua medida na pessoa de Vitória (a quem chamavam Vicky), princesa da Inglaterra, filha da rainha Vitória, *a Grande*, e de Alberto de Saxe-Coburgo. Este fora um verdadeiro casamento de amor.

Vicky tinha dezoito anos quando, a 25 de Janeiro de 1858, em Londres, casara com Frederico. Era grande, morena e

Cem dias para o Imperador Frederico III

muito bela e tinha uns olhos azuis escuros também muito belos. Para além disso, desde o instante do seu primeiro encontro, amara profundamente, ardentemente, apaixonadamente aquele jovem que iria ser o seu marido. Foi um amor recíproco que iria concretizar-se numa exemplar vida de casal.

Da mãe, Vicky herdara a inteligência, a faculdade de amar apenas uma vez, mas completamente, e o gosto pelo poder. Sabendo-se destinada a reinar um dia ao lado de Frederico, preparara-se desde há muito com consciência e aplicação, iniciando-se, na medida das possibilidades (e não foram muitas), para a vida política do seu novo país.

Infelizmente, a princesa inglesa, dotada, como é evidente, de uma deplorável tendência para fazer comparações que raramente favoreciam a Prússia, não era nada apreciada em Berlim. Bismarck, por seu lado, cedo pressentira um inimigo nesta mulher grandiosa, de boa casta e silenciosa que soubera tão bem cativar o seu marido, cultivando nele as ideias do liberalismo e a paixão pela paz que trouxera consigo. Quando Frederico estava afastado dela por exigências militares, Vicky vivia num isolamento que era digno de uma rainha de Espanha, um isolamento de que se consolava pensando em primeiro lugar no marido, ocupando-se dos seus sete filhos (à excepção do pequeno Guilherme, que muito rapidamente afastaram de si) e trocando uma correspondência abundante e contínua com a sua mãe, que os que a rodeavam viam, naturalmente, com olhos desconfiados, quase não se coibindo de considerar a princesa herdeira como uma espiã ao serviço da Inglaterra.

À medida que o tempo passava, teve o desgosto de ver o filho mais velho afastar-se de si para apenas reservar a Bismarck a sua admiração juvenil e os seus ambiciosos desejos. Vicky foi a primeira a perceber que em Willy o coração não passava de mais uma víscera entre outras.

195

Tragédias Imperiais

Por isso, quando a doença começou a atormentar o pai, o futuro Guilherme II não evidenciou em relação ao caso senão um pesar bastante atenuado, vendo sobretudo na terrível doença a promessa de uma subida ao trono muitíssimo mais rápida do que ousara esperar até aí.

Mas regressemos a Sanremo, onde a coroa imperial acabava de chegar ao seu destino sob a forma de um simples papel azul entregue por um telegrafista nas mãos de um ajudante de campo.

Frederico já aguardava esta notícia desde a véspera, devido a um primeiro telegrama que lhe comunicara que o pai estava muitíssimo mal. À mulher, que se preocupava com o que seria preciso fazer e temia o seu regresso obrigatório a Berlim em pleno Inverno, contentou-se em murmurar, com aquela voz dificilmente audível que o mal ainda lhe permitia:

– Há casos, querida Vicky, onde o dever de um homem é correr riscos. Deixaremos Sanremo quando a minha presença for necessária em Berlim.

A futura imperatriz lançou então um olhar cheio de inquietação ao médico habitual do marido. Era um inglês recentemente enviado pela rainha Vitória e, embora tivesse sido necessário tolerar médicos alemães à cabeceira do doente, Sir Morell Mackenzie era o único em quem ela confiava, porque ser uma autoridade na matéria.

À interrogação muda da princesa, respondeu com um sorriso apenas destinado a incutir-lhe coragem:

– Tomaremos todas as precauções, Senhora, a fim de que... o imperador possa efectuar toda esta longa viagem sem sofrer demasiado!

Tomou de facto estas precauções quando, a 10 de Março, Frederico III e a sua comitiva deixaram Sanremo de comboio. O soberano viajou deitado e ficou formalmente proibido de emitir o menor som. Com o rei da Itália, Vítor Manuel II,

196

Cem dias para o Imperador Frederico III

que o acompanhou até à Suíça, conversava apenas por intermédio de pequenos papéis arrancados a um caderno e que a imperatriz, que não o abandonava um minuto, ajudava a escrever.

Em Leipzig subiu para o comboio um novo passageiro: era Bismarck, que veio receber o seu novo senhor.

O encontro dos dois homens foi protocolar e frio. Não existia nenhuma afinidade entre ambos e o imperador sabia já que o chanceler faria todo o possível para contrariar a política que esperava ter tempo de instaurar. Quanto ao velho leão, calculava em silêncio e friamente o período de tréguas que a doença ainda concederia ao seu soberano. Talvez o fossem enviar já para o seu domínio de Varzin, para as suas grandes árvores, de que gostava tanto, mas que nunca poderiam substituir o jogo embriagador do poder.

No entanto, tranquilizaram-no de imediato.

– Manteremos a nossa confiança em si – disse-lhe Frederico, sabendo bem que uma demissão provocaria uma revolta no exército – e espero que possamos conciliar as nossas ideias a bem do império.

Conciliar? Que palavra estranha para Bismarck! Também não conhecia o significado desta, pelo menos em relação às pessoas que pretendia combater. Contentou-se, portanto, em saudar profundamente, sem responder, e depois retirou-se para o seu compartimento pessoal.

Em Berlim, na gare de Charlottenburg, o novo príncipe herdeiro esperava... também ele ansioso por verificar *de visu* o estado exacto do seu pai. Vestido com o seu dólman de colarinho subido, rodeado pelo seu Estado-maior, Willy espiava a portinhola do vagão imperial com uma avidez que não conseguia evitar. Esperava ver aparecer uma maca e maqueiros... Nunca o imperador se poderia manter de pé com esta tempestade de neve que assolava a Prússia...

Tragédias Imperiais

Havia outros que igualmente aguardavam: os berlinenses, que se juntaram ali aos milhares para também eles receberem um príncipe estimado no coração do povo. Todos os sinos da cidade começaram a tocar quando o comboio entrou na gare e, em volta da longa passadeira vermelha, a guarda formava uma ala resplandecente e rígida.

De súbito, uma imensa aclamação encheu o ar. O imperador acabava de aparecer. Era mesmo ele, não um doente deitado numa maca. De pé, em uniforme (um uniforme cujo colarinho alto ocultava habilmente o terrível tubo respiratório), capacete na cabeça, mão apoiada sobre o sabre, Frederico III, ao mesmo tempo que ouvia aquele troar de alegria que lhe era dirigido, reconhecia o olhar estupefacto do filho...

Foi um gesto heróico, mas esgotante, o esforço do imperador ao apresentar-se fardado ao seu povo. Ao chegar ao palácio de Charlottenburg teve de permanecer acamado. Como a sua mulher lhe censurava o que considerava ser uma grave imprudência, respondeu com um sorriso que reflectia ainda a alegria que tivera quando sentiu chegar até si aquela grande vaga de amor do seu povo:

– A felicidade é um bom médico, Vicky! Vou esforçar-me ao máximo para durar... enquanto possa. Com uma vida sábia e bem organizada, será possível.

– Uma vida sábia? Com o trabalho extenuante que um soberano tem de realizar? Se ao menos permitisses que eu auxiliasse um pouco!

– Não quero lutas contra Bismarck. Sempre foram hostis um ao outro e é necessário que as inimizades se acalmem. O trabalho far-se-á, podes estar tranquila.

De facto, este moribundo lançou-se ao trabalho com uma energia heróica. Desde a sua subida ao trono, publicou três Rescritos: no primeiro, declarou-se fiel ao princípio de uma

Cem dias para o Imperador Frederico III

monarquia "constitucional e pacífica", no segundo, apresentou o seu programa de governo, insistindo na tolerância religiosa e na atenuação das desigualdades sociais, e no terceiro, final-mente, homenageava, muito diplomaticamente, a acção do príncipe Bismarck, mas apelava à solidariedade de todos os povos alemães para o ajudarem a levar a bom termo a tarefa esmagadora que lhe estava incumbida...

Infelizmente, destes três Rescritos, Bismarck só aceitou e aplicou o terceiro, porque assim que a doença provocou uma recaída do infeliz Frederico, deixando momentaneamente as mãos livres ao chanceler, este reprimiu duramente as actividades socialistas e aplicou o chicote à Alsácia-Lorena.

Todavia, o imperador lutava contra o cancro e a morte com uma coragem que despertava admiração. Com a laringe destruída, não deixava de receber os reis que acorreram de todas as Cortes da Europa para os funerais do velho Guilherme e foi necessária toda a energia da imperatriz, a que se juntou a de Sir Morell Mackenzie, para o impedir de assistir ao inter-minável serviço fúnebre que decorreu com uma temperatura siberiana.

Exigiu que a sua vida fosse precisa como um relógio.

Levantando-se às oito horas, descia para a estufa de Inverno com Vicky às nove e meia, fazia um pequeno passeio em com-panhia da mulher e dos seus médicos e em seguida trabalhava até ao almoço, que tomava em família. Depois, fazia uma sesta, antes de receber o seu chanceler e o príncipe herdeiro e de se ocupar dos negócios de Estado até às oito da noite, o jantar. Deitava-se às dez horas.

Infelizmente, à volta deste doente heróico, os médicos entregavam-se a uma esgotante luta de influências, com os alemães a oporem-se naturalmente ao inglês numa batalha que se pode dizer insensata. Mackenzie, que foi contrário à ablação da laringe, que, na sua opinião, não podia senão

Tragédias Imperiais

precipitar o inelutável fim, tinha de enfrentar a coligação dos seus colegas, que empregavam todos os meios possíveis para o desacreditar. Chegaram mesmo a pretender que não se chamava Mackenzie, mas sim Markovicz, e que era "um judeu polaco", afirmação fantasista e totalmente gratuita, mas com a qual o célebre prático e fiel súbdito da rainha Vitória chegou a pensar que ia morrer de desconsolo.

O amável Willy, o príncipe herdeiro, apoiou, aliás, a cabala, e quando a imperatriz, fora de si, despediu um dos caluniadores, o futuro senhor da guerra concedeu-lhe uma longa audiência e tributou-lhe afavelmente toda a sua consideração pessoal.

Ao mesmo tempo, Bismarck, aliado de Willy, ousava deitar directamente por terra a autoridade do soberano, e por motivos demasiado pessoais. De facto, o seu cunhado, o ministro do interior von Puttkammer, foi demitido pelo imperador por uma grave acusação de corrupção e o chanceler deu um grande jantar em honra do caído em desgraça, que provocou um imenso furor. A esse jantar assistiu Willy, dando origem a uma amarga altercação entre Bismarck e a imperatriz. Como era seu hábito, Bismarck foi autoritário e descortês, porque sabia bem que estava próximo o que considerava ser uma vitória pessoal e já não via razão para conservar em relação a Vitória as formalidades do respeito que eram, apesar de tudo, obrigatórias. Ela fora sempre sua inimiga e ele tinha um prazer doentio em fazer-lhe sentir que o seu poder não iria durar muito.

É que a doença, que não se agravara durante algum tempo, recomeçava a fazer os seus estragos e evoluía rapidamente. A 12 de Abril, Frederico III teve violentos ataques de tosse. Era preciso mudar o tubo que se afundava na garganta e adaptar um novo modelo que permitia uma melhor respiração. No entanto, o doente enfraquecia de dia para dia.

Cem dias para o Imperador Frederico III

Durante uma breve acalmia, encontrou forças, mesmo assim, para assistir, a 24 de Maio, ao casamento do seu segundo filho, Henrique, que se uniu em Berlim com a princesa Irene, filha do grão-duque Luís de Hesse. Porém, este esforço assinalou o princípio do fim, e no dia seguinte pensou-se que o imperador entrara em agonia.

Agonia? Ainda não. Cinco dias passados, Frederico levantou-se e, vestido e de capacete, foi na sua carruagem passar revista aos três regimentos da sua guarda, que, electrizados com esta coragem sobre-humana, o aclamaram. Para além disso, dois dias depois, foi pessoalmente ao túmulo do pai...

Aterrorizada por aquilo que pensava não passar de imprudências loucas, Vicky suplicou-lhe que deixasse Berlim e se instalasse pelo menos no palácio de Verão de Potsdam. Frederico anuiu e fez-se transportar por água para a bela morada que Frederico, *o Grande*, seu ancestral, tanto gostava. O barco que o conduziu, o Alexandra, fez o seu percurso sob um verdadeiro dilúvio de flores lançadas por milhares de berlinenses aglomerados nas margens do rio. Esta curta viagem constituiu também um triunfo, mas infelizmente foi o último, embora talvez o mais tocante. Nunca mais Frederico III teria este acolhimento popular que tão bem encontrava o caminho do seu coração.

A 7 de Junho, os médicos verificaram que a artéria da traqueia se abrira espontaneamente e, no dia 10, um desencorajado Mackenzie resignou-se a confessar ao seu augusto doente:

– Lamento ter de verificar, meu senhor, que Vossa Majestade não regista qualquer progresso.

– Creia, meu caro doutor, que o lamento. Gostaria muito de lhe dar esse gosto – respondeu por escrito o moribundo (já há semanas que não se expressava de outro modo).

Tragédias Imperiais

No dia 11, todavia, foi acometido por uma espécie de febre de trabalho, tal como o seu pai, no momento de morrer, fora tomado por uma febre de palavras. Escreveu praticamente durante todo o dia, sabendo bem que o tempo lhe estava agora estritamente contado. A 12, não puderam alimentá-lo senão artificialmente. No entanto, conseguiu ainda receber o rei da Suécia. Mas desta vez, na verdade, era o fim. A agonia começava; durou três dias.

A 15 de Junho, às onze horas da manhã, acabou este longo martírio e o reinado de um homem de boa vontade que não contara senão exactamente 98 dias.

A imperatriz caiu então numa amargura profunda: perdeu o único homem que amara, o querido companheiro de toda a sua existência e desta perda não haveria de recuperar.

Contudo, nem todos sentiam, longe disso, o mesmo desgosto. Mal Frederico III exalou o último suspiro, o novo imperador, Guilherme II, mandou literalmente invadir o palácio de Potsdam por tropas que tinham ordens de controlar com rigor as entradas e as saídas.

Este comportamento, inqualificável da parte de um filho, visava permitir ao novo soberano apoderar-se de todos os papéis pessoais do pai. Era um insulto público e gratuito a uma mulher que sofria e que, para além do mais, era sua mãe. O amável Willy retirava a sua última máscara, sem se aperceber que provocava sobre a sua linhagem uma estranha maldição.

Acabou por se desonrar inutilmente. Conhecendo bem o filho, Frederico tomou as suas precauções e, pouco antes da morte, reuniu todos os seus papéis numa pasta de marroquim e confiou-a a um amigo, o coronel Swann, que deixou de imediato a Alemanha para voltar a Londres. Foi nas mãos da rainha Vitória que foram depositados os papéis pessoais do imperador da Alemanha, bem como o seu testamento.

Cem dias para o Imperador Frederico III

De facto, houvera uma profunda estima e um verdadeiro afecto entre a velha soberana e o seu primeiro genro. Nas últimas semanas que precederam a sua morte, Vitória fizera uma viagem pessoal a Potsdam para o visitar. Esta presença imponente levara então Bismarck e o seu discípulo a alguma contenção, permitindo a Frederico tomar certas disposições que teve tempo de pôr em prática.

Como é natural, é claro, a invasão do seu palácio pelos soldados do filho feriu profundamente a imperatriz viúva. Indignada, deixou de imediato uma casa que considerou manchada, mas antes de se retirar para o castelo de Friedrichshof fez-se conduzir a casa de Bismarck para lhe dar a conhecer o que pensava de conduta tão ofensiva.

Infelizmente, julgando, sem dúvida, que já não era necessário usar delicadezas com uma mulher que agora nada era, o chanceler recusou pura e simplesmente recebê-la, alegando ter demasiado que fazer ao serviço do seu novo imperador.

Desanimada com este novo golpe, a imperatriz recusou assistir aos funerais do marido, cujo aparato julgava ser tão hipócrita quanto injurioso para si, porque teria de presenciar a sua nora a assumir o protagonismo. Mandou celebrar um serviço especial em sua própria casa e, à sua maneira, prestou assim homenagem àquele que amara mais do que tudo.

Acresce que Bismarck e Guilherme obstinaram-se a considerar que o demasiado curto reinado de Frederico III era nulo e inexistente, alegando que a ausência de saúde do soberano não lhe permitira receber a coroa da Prússia nem a imperial, o que teria requerido uma viagem a Aix-la-Chapelle. A viúva escreveu amargamente à mãe:

"Guilherme II sucede a Guilherme I, adoptando os mesmos sistemas, os mesmos objectivos, as mesmas tradições [...]"

Tragédias Imperiais

Não sabia ainda que Bismarck não iria governar durante muito tempo a Alemanha e que os laços estreitos entre ele e o querido Willy começavam a pesar demasiado a este.

Mal tinham passado dois anos, Guilherme agradecia a Bismarck, depois de o ter feito duque de Lauenburg, e autorizava-o graciosamente a exercer os seus direitos a uma reforma "bem merecida", mas que, é claro, o interessado pensava ser demasiado prematura.

Teve a audácia de se queixar a Vicky... e recebeu, é claro, o acolhimento que podemos imaginar...

Esta, desditosamente, não sobreviveu muitos anos ao seu querido marido. A 24 de Julho de 1901, no castelo de Friedrichshof, apagou-se por sua vez, também vítima de cancro. Tinha 61 anos.

Muito tempo depois da morte de Frederico III, iria prosseguir a controvérsia entre os médicos a seu propósito, sem nunca se chegar a qualquer conclusão. Todavia, uma coisa é certa: este cancro da laringe haveria de ter uma influência mortífera sobre o futuro da Europa, porque se o imperador tivesse reinado tempo suficiente, nunca a guerra de 1914-1918 teria tido lugar. Frederico III, espírito esclarecido e conciliador, desejava ver instaurada uma paz duradoura entre a Alemanha e a França. Desafortunadamente, só pôde reinar uma Primavera e o seu sucessor, homem do ressoar das botas e das paradas de guerra, iria criar na Alemanha o hábito das proclamações excitadas... antes de ir terminar obscuramente os seus dias no interior de uma aldeia da Holanda, cortando lenha por prazer nos seus tempos livres.

Infelizmente, a Alemanha não acabara com as paradas de grande espectáculo, nem com as proclamações tonitruantes...

A Última Czarina

Um casamento inesperado

A 21 de Dezembro de 1891, um homenzinho novo, de 23 anos, herdeiro do gigantesco império russo, escrevia no diário íntimo, que mantinha há muitos anos:

"O meu sonho é casar com Alexandra de Hesse. Há muito que a amo, mas com mais fervor e mais profundamente desde o ano de 1889, quando passou seis meses em Sampetersburgo. Lutei em vão contra os meus sentimentos e procurei convencer-me de que era uma coisa impossível, mas desde que Eddy[5] renunciou à ideia de casar com ela, ou foi recusado por ela, parece-me que o único obstáculo entre nós é a questão religiosa. Não há outra, porque estou convencido de que ela partilha os meus sentimentos. Tudo está na mão de Deus e, cheio de confiança na sua misericórdia, espero o futuro com calma e humildade [...]"

Ora, apesar do que o jovem *czarevich* Nicolau escrevia, o objecto desta grande paixão não tinha quaisquer dúvidas em relação a isso, mas tornar-se um dia imperatriz de todas as Rússias nunca lhe tinha ocorrido.

---

[5] Trata-se dum primo inglês, o duque de Clarence.

Tragédias Imperiais

Tendo então 19 anos, Vitória Alexandra Helena Luísa Beatriz de Hesse-Darmstadt, embora fosse uma das netas da rainha Vitória da Inglaterra, não passava de uma pequena princesa alemã que parecia desprovida de ambição e cujo carácter, bastante impenetrável, não a predispunha de modo nenhum a passar a vida sob os olhares implacáveis que é habitual convergirem para os tronos imperiais.

Órfã de mãe aos seis anos, seria educada por algum tempo em Inglaterra, junto da sua avó, que não se fazia notar pelos seus transportes de ternura, e depois em Darmstadt pelas irmãs (pelo menos até ao casamento destas), que eram muito mais velhas do que ela, e por um pai bastante distante.

Tímida e de uma susceptibilidade quase doentia, entendia-se com dificuldade com os que a rodeavam, sofrendo até ao casamento das irmãs com a sua posição apagada de terceira filha. Possuindo um orgulho ainda maior pelo facto de ser dissimulado, não podia suportar que outra mulher, qualquer que fosse o seu estatuto, a ultrapassasse.

O casamento das irmãs, tendo uma desposado Luís de Battenberg e a outra o grão-duque Sérgio da Rússia, trouxe-lhe aquele isolamento de primeira figura a que aspirava, porque, ficando só junto do pai, foi a ela que ficaram incumbidos os deveres de dona de casa. Ser a primeira em Darmstadt era para si mais do que suficiente...

Por outro lado, quando, em 1892, o pai a levou à Rússia para aí visitar a irmã Isabel, Alexandra não fez nenhum esforço para se mostrar amável, nem sequer com o jovem Nicolau, que, extasiado de felicidade por revê-la tão cedo, lhe dirigia olhares nitidamente enamorados: é que ele não tinha senão um estatuto secundário.

Acima dele estava o pai, Alexandre III, um gigante coroado e um imperador de uma tal estatura que não era difícil pensar que o jovem Nicolau, bastante mais fraco, nunca iria conseguir

208

Um casamento inesperado

estar à sua altura. Estava também presente a imperatriz, Maria Feodorovna, que fora pelo nascimento a princesa Dagmar da Dinamarca, e que, como deixava transparecer, não desejava de forma alguma que o seu filho se enamorasse da bela alemã. Ora, Alexandra não gostava que a desdenhassem.

Ela era, de facto, muito bela: grande, loura, com magníficos olhos azuis sempre um pouco brumosos, de figura alta, magra e flexível, possuía uma extrema majestade natural e um encanto estranho... pelo menos quando se dava a esse incómodo, o que era raríssimo.

Durante esta infeliz estadia em Sampetersburgo, foi tal a sua atitude que a alta sociedade a considerou desastrada, desagradável, descortês e, o que constituía um crime imperdoável, que se vestia de uma forma pavorosa. Por isso, após Alexandra ter partido com o pai, quando Nicolau ousou revelar aos seus os sentimentos que tinha por ela, foi recebido friamente pela mãe.

– O teu pai e eu não desejamos que te cases com uma princesa alemã. Aliás, o carácter de Alexandra não te convém de forma alguma: a quem, aliás, é que poderia convir? Preferíamos uma aproximação à França. A filha do conde de Paris, Helena, convir-nos-ia perfeitamente – disse Maria Feodorovna.

Pouco combativo mas na verdade dissimulado, Nicolau não levou mais longe a sua tentativa.

"No decurso da minha conversa com a Mamã, hoje de manhã – anotou ele no seu diário –, foi feita uma menção a Helena, a filha do conde de Paris, o que me provocou um estranho estado de espírito. Dois caminhos se abrem diante de mim. Eu desejo seguir numa direcção, ao passo que é evidente que a Mamã deseja ver-me escolher a outra. Que irá suceder?"

Como se pode ver, este jovem, que já se preparava para reinar sobre um império imenso, era completamente destituído

Tragédias Imperiais

de firmeza. Contava que a Providência interviesse e, enquanto aguardava, foi consolar-se com a bela dançarina Matilde Kchessinska, que era sua amante desde há quatro anos e tinha sobre si uma grande influência, embora estivesse ardentemente apaixonado por Alexandra.

Ora, justamente, a Providência iria ocupar-se dele. Em Darmstadt, o grão-duque Luís, pai de Alexandra, morreu pouco depois do seu regresso da Rússia. O seu filho Ernesto Luís subiu ao trono e, de início, não mudou nada nos hábitos vigentes. Sendo ainda solteiro, só via vantagens em que a sua irmã, de quem, aliás, muito gostava, continuasse a desempenhar junto de si o papel que tivera ao lado do pai.

Feliz, Alexandra rejubilou por continuar a ser primeira-dama de Hesse e pensou que tal estado de coisas iria continuar. À excepção dela própria, não havia, segundo pensava, nenhuma mulher que alguma vez fosse capaz de ocupar o lugar que fora de sua mãe.

Todavia, durante o ano de 1893, Ernesto Luís fez uma viagem a Inglaterra e, em Balmoral, para onde fora convidado pela avó, a rainha Vitória, encontrou uma jovem que o impressionou muito: Vitória de Saxe-Coburgo, duquesa de Edimburgo.

Como era um rapaz que não sabia disfarçar os seus sentimentos, abriu-se com a rainha, que os aprovou completamente, e como nada mais lhe dava tanto gosto como fazer casamentos, ocupou-se activamente deste. Assim, sem mesmo pensar em perguntar-lhe o que pensava do assunto, fez saber à jovem Vitória que se deveria preparar para casar com o grão-duque de Hesse, num prazo conveniente. Louco de alegria, este apressou-se a mandar um telegrama a contar a novidade à irmã. Pensava que esta iria ficar feliz...

Desafortunadamente, ao receber o telegrama, Alexandra teve a primeira daquelas medonhas crises de nervos de que

Um casamento inesperado

iria fazer uso, mais tarde, com algum sucesso, perante um marido demasiado impressionável. Quando Ernesto Luís regressou a Darmstadt, foi para enfrentar uma verdadeira fúria descabelada.

Mas Ernesto Luís não era da mesma têmpera que Nicolau e, deixando passar a vaga de cólera, esperou uma acalmia para declarar à irmã, com a maior tranquilidade do mundo, que pretendia casar, quer isso lhe agradasse ou não, que desejava também que se mostrasse amável com a sua futura cunhada e que, se não se sentia capaz de fazer esse pequeno esforço, não a impediria de deixar Darmstadt e ir residir, com uma dama de honor, para um dos castelos do grão-ducado.

– Dar-te-ei uma renda graças à qual poderás viver de forma adequada e com toda a independência – acrescentou.

Estupefacta perante tal tratamento, Alexandra teve uma crise de lágrimas, após o que desapareceu. Aceitou mesmo escrever uma carta de boas-vindas à jovem Vitória, mas foi com uma grande tristeza que acompanhou o irmão a Coburgo, onde deveria ter lugar o casamento. Era preciso que o seu destino mudasse nesta altura, porque nunca aceitaria ocupar apenas o segundo lugar em Hesse.

Ora, a maioria dos príncipes da Europa reuniu-se nesta ocasião em Coburgo. A própria rainha Vitória se deslocou para assistir ao casamento do neto e foi a ela que Alexandra se dirigiu. Se interviera de forma tão brilhante no destino do irmão, porque não se ocuparia do dela, da sua neta, que tinha educado em parte?

– Não desejo outra coisa – disse a rainha –, mas não quiseste casar com Clarence. Com quem pretendes então casar?

– Não sei. Mas que seja alguém grande, alguém que me ofereça o lugar a que o meu nascimento me permite aspirar...

Vitória encolheu os ombros:

Tragédias Imperiais

– Desconheces o que toda a gente aqui diz, porque entra pelos olhos dentro, que o *czarevich* está loucamente apaixonado por ti? Só tu pareces não te teres apercebido!

– Asseguro-vos que sim, *Granny*, mas se Nicolau me deseja para esposa, em casa dele é o único, porque os pais não me aceitam.

– Poderão mudar de opinião. Deixa-me interceder... Nada me seria mais agradável (a mim e à Inglaterra, bem entendido) se te tornasses um dia imperatriz de todas as Rússias!

O esplendor do título fez corar Alexandra. Que poderia ela, de facto, esperar de mais alto e maior? Ninguém no mundo teria posição mais elevada... pelo menos quando o czar tivesse deixado este mundo, porque até essa altura seria preciso que se contentasse com um estatuto secundário, atrás desta Maria Feodorovna a quem detestava por instinto. Um outro argumento lhe veio naturalmente aos lábios:

– Para isso ser-me-á necessário mudar de religião. Não quero ser apóstata, não quero condenar-me por uma coroa, ainda que seja imperial.

– Que tontice! Se queres que te case, deixa-me agir, se não, volta para Darmstadt e dispõe-te à existência amarga de solteirona.

Nada poderia oferecer resistência a Vitória quando queria alguma coisa, pelo que, a 5 de Abril de 1894, Nicolau escrevia no seu querido diário:

"Achei Alexandra ainda mais bela do que da última vez que a vi, mas tinha um ar triste. Ficámos os dois juntos e a conversa, que eu por um lado desejava, e por outro temia, pôde finalmente ter lugar. Falámos até ao meio-dia, mas sem resultados, porque não conseguiu resolver-se a mudar de religião. A pobrezinha chorou muito, mas antes de nos separarmos acalmou-se um pouco [...]"

Três dias depois, foi o triunfo. Alexandra deixara-se convencer.

Um casamento inesperado

"Foi um dia magnífico e inolvidável, o do meu noivado com a minha bem-amada e incomparável Alexandra [...]"

O acontecimento teve um efeito fulminante e, por isso, o casamento de Ernesto Luís, em honra do qual toda esta gente se reunira, passou para segundo plano. Alexandra, muito adulada, alcançou um grande prestígio, não só aos seus próprios olhos (o que não era difícil, porque sempre se atribuíra um grande valor), mas aos olhos da Europa inteira.

A rainha Vitória estava naturalmente encantada, mas na família imperial russa as opiniões estavam muito divididas. Por exemplo, a imperatriz declarou com uma franqueza total que não estava satisfeita com este casamento. Exceptuando a irmã de Alexandra, as grã-duquesas não tinham qualquer simpatia pela noiva. Para além disso, havia muitos que receavam que a sua vinda para a Rússia desse lugar a uma desagradável ingerência inglesa nos assuntos do Estado, tanto mais lamentável quanto a saúde de Alexandre III dava azo a graves inquietações – o que era ainda segredo, excepto no seu círculo mais próximo.

Ora, se o imperador morresse antes do casamento do herdeiro do trono ou imediatamente depois, a princesa não passaria por nenhuma fase intermédia antes de se tornar imperatriz e não teria tempo para se preparar para essa função esmagadora. Por exemplo, Alexandra só falava inglês e alemão, mas não russo nem francês, as duas línguas da Corte imperial.

Os dois noivos passaram o Verão em Inglaterra, junto de Vitória. Foi aí que Alexandra se iniciou, por intermédio do padre Yanischev, confessor do czar, naquela que iria ser a sua nova religião e a tal ponto acabaria por aderir que, mais tarde, se aproximaria do fanatismo. Foi também ali que descobriu estar apaixonada pelo noivo.

Escreveu ela, por sua vez:

Tragédias Imperiais

"Sonhei que era amada, despertei e vi que era verdade. De joelhos agradeci a Deus. O verdadeiro amor é um dom que Deus nos deu, cada vez mais profundo, mais completo, mais puro [...]"

Estas poucas semanas inglesas foram um período exaltante. Envolvida em homenagens e lisonjas, Alexandra via afluir presentes faustosos que vinham da Rússia e lhe eram destinados: jóias fabulosas, rendas preciosas, peles mais preciosas ainda. Durante toda a sua vida desejara este luxo, que não podia proporcionar a si mesma e que a sua família era totalmente incapaz de lhe oferecer, mas eis que ele a honrava.

Aceitava-o como algo que lhe era devido. Uma vez que já não havia agora dúvidas de que o czar piorava rapidamente, e em breve seria a imperatriz todo-poderosa, um ser quase divino cujos juízo e ideias seriam infalíveis. Por isso, não via nenhuma razão para se mostrar sequer amável com os que se aproximavam dela, sobretudo quando eram russos, porque considerava que o seu futuro povo era atrasado, algo selvagem e em grande parte depravado.

Para além disso, seria preciso regressar em breve à Rússia. A saúde de Alexandre III exigia que se apressassem as coisas e a 5 de Outubro, acompanhada apenas por uma dama de honor, Alexandra de Hesse deixou o seu país para se reunir em Livadia, na Crimeia, com aquele que em breve iria ser o seu marido e que ela ainda conhecia muito mal.

Chegou mesmo a tempo: uma semana mais tarde, a 20 de Outubro, o imperador morria. O noivo, que se tornou o czar Nicolau II, escreveu então:

"Meu Deus! Meu Deus! Que dia! O Senhor chamou a si o nosso pai muito amado e adorado! A minha cabeça gira sem parar [...]"

No dia seguinte, a noiva imperial recebeu pela primeira vez a comunhão segundo o rito ortodoxo. Ao mesmo tempo,

214

Um casamento inesperado

abandonou o nome que fora seu até então: Alexandra de Hesse estava morta, só ficava Alexandra Feodorovna.

Depois, com o corpo do defunto czar, foi o regresso a Sampetersburgo e à igreja de São Pedro e São Paulo, túmulo dos imperadores. A 2 de Novembro, foi celebrado com grande pompa o casamento do novo czar, mas entre a multidão devota e supersticiosa que se apertava ao longo do percurso do cortejo houve mais do que um a fazer o sinal da cruz ao ver aparecer a noiva, que possuía uma beleza ideal, sem dúvida nenhuma, mas que parecia não saber sorrir. Murmurava-se:

"Ela veio para cá atrás de um caixão. Não nos vai trazer felicidade..."

O dia da coroação em Moscovo iria reforçar essa impressão pessimista: uma tribuna soçobrou sob os pés da multidão, matando um milhar de pessoas.

O acontecimento deu-se a 14 de Maio de 1896, mas o imperador já deixara escapar o afecto de uma parte dos seus súbditos e a imperatriz, ao retirar-se com ele do mundo o mais que podia, afastara de si a maior parte da nobreza russa...

Um camponês vindo de Tobolsk

Nos anos que se seguiram ao seu casamento, as coisas não correram bem a Alexandra Feodorovna. Tinha ideias muito definidas sobre as formas de governo que convinham à Rússia, rejeitando toda a noção de reforma que pudesse conduzir o país a algo que se aparentasse, nem que fosse minimamente, a uma monarquia constitucional. Tinha a firme convicção de que era necessário manter a autocracia e acometia com furor quando se falava em diminuir certos privilégios imperiais. Infelizmente, as suas afirmações encontravam em Nicolau II um eco muito complacente.

Ao encerrar-se com o marido num círculo restrito, despertara a hostilidade de toda a família imperial, incluindo a sua própria irmã e o marido desta, o grão-duque Sérgio, que, no entanto, foram os maiores apoiantes do casamento.

Os filhos vieram reforçar esse reduzido grupo em que a imperatriz se comprazia. Em primeiro lugar, nasceram quatro filhas, quatro filhas cujos nascimentos foram sempre saudados com crises de lágrimas e de desespero, porque eram precisamente apenas filhas e Alexandra desejava com ardor dar um filho ao seu marido, bem como à Rússia.

217

Tragédias Imperiais

Elas eram, todavia, muito encantadoras, muito bonitas, as pequenas grã-duquesas Olga, Tatiana, Maria e Anastácia, e a sua mãe, apesar das decepções sucessivas que representaram, amava-as sinceramente. Mas quando a 12 de Agosto de 1904 nasceu em Peterhof o menino que se tornou o *czarevich* Alexis, nada mais existia aos olhos da sua mãe plena de amor, mais nada senão ele. Este amor quase excessivo iria introduzir na Corte e mesmo na intimidade do czar, onde não entravam senão alguns raros privilegiados, um dos seres mais estranhos e controversos de toda a história dos homens.

Tudo começou numa noite do Inverno de 1911, em Sampetersburgo, no grande palácio onde reinava há três dias aquele silêncio que anuncia as grandes catástrofes. De facto, há três dias e três noites que a imperatriz, mergulhada numa oração que não tinha fim, permanecia ajoelhada à cabeceira do filho.

A criança era hemofílica e, apesar da vigilância constante de que a rodeavam, caíra uma manhã quando corria no parque. Depois, deu-se um derramamento de sangue no joelho, o qual, pouco a pouco, inchou e se tornou violáceo sem que se pudesse parar a hemorragia interna. Os médicos revelaram-se impotentes e todos julgavam a imperatriz no limiar da loucura, porque o pequeno Alexis era a sua preocupação constante e o seu grande amor.

Passava a maior parte do tempo junto dele, negligenciando até as filhas, agarrada apenas ao filho que jurara curar contra tudo e contra todos...

Proibira que a notícia fosse propagada quando se descobrira na criança a presença deste mal hereditário da hemofilia. Por nada deste mundo o povo russo deveria saber que ela, Alexandra, de quem não gostava muito, legara ao filho esta grave doença que atinge os homens, mas é transmitida pelas mulheres. O seu amor-próprio e o seu orgulho materno tor-

Um camponês vindo de Tobolsk

navam insuportável mesmo a simples ideia da piedade das pessoas comuns dirigida ao *czarevich*, ao herdeiro do imenso império russo, ao seu filho, e a ela!

Assim, para obter do céu a cura impossível, tentou todos os meios empíricos existentes, sem falar nas intermináveis orações e nas penitências de todo o género que o seu misticismo lhe sugeria. Mas agora que se declarara uma crise grave, Alexandra já não sabia, literalmente, para que santo se deveria virar.

Foi então que entrou em cena um estranho personagem, que, por intermédio da imperatriz, iria praticamente governar a Rússia e acelerar a queda de um regime que estava, na verdade, já muito abalado.

O pequeno Alexis estava então doente há três dias quando, à noite, entrou uma mulher no seu quarto. Esta mulher era a grã-duquesa Anastácia Nicolaevna, segunda esposa do grão-duque Nicolau. Era uma das filhas do rei do Montenegro que se casaram na Rússia e, tal como a sua irmã Militza, era uma apaixonada pelo ocultismo e vivia rodeada de um bando de videntes e de profetas mais ou menos estranhos nos quais tinha uma fé inabalável e que, bem entendido, ela mantinha muito confortavelmente. Esta credulidade valia-lhe, tal como à irmã, nunca ter falta de clientes interessados nas forças ocultas...

Nessa noite, ao aproximar-se da cama onde a criança, um belo rapazinho louro de olhos azuis, gemia continuamente, tinha uma expressão tão alegre que a imperatriz a olhou com estupefacção indignada.

– Como podes tu sorrir quando o meu filho...

Todavia, sem se perturbar, a grã-duquesa acariciou os cabelos encharcados de suor do menino doente e interrompeu-a:

– Se quiseres receber um homem que trouxe comigo, Alexandra, não só o teu filho vai recuperar desse acidente, mas também se irá curar.

Tragédias Imperiais

— Que dizes tu? Quem é esse homem e como podes estar tu certa de uma coisa dessas?

— Oh! É um homem muito simples, um camponês... mas é também um enviado de Deus! As suas maneiras, concedo-o, não se parecem em nada com as pessoas da nossa Corte, mas quando lhe falei de Alexis...

— Falar de Alexis? Tu ousaste fazê-lo? A um camponês?

— Deveria ter dito: quando falámos de Alexis, porque foi ele quem começou. Portanto, quando falámos dele, ordenou-me: "Vai dizer à imperatriz que deve deixar de chorar. Eu curarei o seu menino e terá as faces rosadas quando for soldado..."

Alexandra juntou as mãos:

— Se isso pudesse ser verdade! Oh, Anastácia, se tu pudesses encontrar realmente um homem capaz de salvar o meu filho, não haveria nada que não pudesses ter de mim! Quanto a ele, adorá-lo-ia de joelhos, porque seria um verdadeiro homem de Deus. Mas quem é?

O homem chamava-se Gregório Efimovich Rasputine e era um camponês dos arredores de Tobolsk, na Sibéria. Tinha lá mulher e filhos, mas, numa bela manhã, "chamado por Deus", deixara tudo para ir à aventura pelas estradas da Rússia, frequentando de preferência mosteiros e uma estranha seita religiosa, a dos "Homens de Deus", que professavam a ideia de que a melhor maneira de chegar à santidade e à vida eterna era... praticar o pecado.

— É apenas quando os sentidos estão saciados, inertes à força de terem sido demasiado solicitados, que o coração se purifica e se aproxima de Deus – proclamavam estes interessantes religiosos, em virtude do princípio, entre todos o mais cómodo, segundo o qual o Senhor se preocupava muito mais com os cordeiros perdidos do que com os que permaneciam sabiamente no seio do rebanho.

220

Um camponês vindo de Tobolsk

Entusiasmado com uma doutrina tão de acordo com as suas aspirações secretas e com a sua robusta constituição, Rasputine dedicou-se incontinente ao serviço deste interessante Deus. Tornou-se o que chamavam um *staretz* e que Dostoievski definiu como "uma mistura de padre errante, feiticeiro, protector contra as forças do maligno e... papa-jantares".

– Todo o seu poder – concluiu a grã-duquesa – reside no seu olhar, verdadeiramente inesquecível, e nas suas mãos, que impõe aos doentes. Estes sentem imediatamente um grande alívio. Queres ver? Não arriscas nada, parece-me.

– Então ele está aqui?

– Aguarda na antecâmara. Mas seria talvez preferível avisar o teu marido, porque é a ele, o czar, que cabe dizer quem pode ou não aproximar-se do seu filho.

Como nunca teria passado pela cabeça de Nicolau, que foi logo avisado, ter uma opinião diferente da de Alexandra, Rasputine entrou pouco depois no quarto da criança doente.

Tremendo simultaneamente de medo e de esperança, os dois esposos viram aparecer um homem de cerca de 40 anos, grande e vigoroso, vestido como qualquer outro camponês russo, mas de uma higiene pouco cuidada. Espessos cabelos negros descuidados dividiam-se no cimo da sua grande cabeça e uniam-se a uma barba com duas pontas e a um longo bigode.

O homem era repulsivo, mas, na verdade, como anunciara Anastácia, o seu olhar era inolvidável: duas pupilas transparentes, de um azul muito pálido, de glaciar, que se fixavam nas dos seus interlocutores e não as deixavam mais. Um gânglio deformava um deles, mas só os olhos se notavam naquela cara vulgar com uma cicatriz sinuosa na testa. Contra a sua própria vontade, a imperatriz teve um arrepio quando confrontou aquele estranho olhar.

No entanto, foram ela e Nicolau que ficaram impressionados, porque, ao penetrar naquela sala faustosa, Rasputine

Tragédias Imperiais

não evidenciou qualquer incómodo, nem tão-pouco por se encontrar subitamente na presença dos senhores da Rússia. Com um passo pesado, avançou para eles e beijou-os sucessivamente como a primos da província sem que os soberanos, siderados, tivessem sequer força para reagir. Depois aproximou-se da cama onde gemia o *czarevich*.

Sentindo a sua presença, o pequeno Alexis ergueu penosamente as pálpebras, cruzou-se com o olhar do recém-chegado e teve um movimento de temor. Então Rasputine pegou na sua mão, que repousava febril sobre o lençol.

– Não tenhas medo, Aliocha – disse-lhe ele –, agora vais ficar bem. Olha para mim!... Olha-me bem! Tu já não estás doente, já não tens qualquer doença...

Fez uns gestos magnéticos, afastou o lençol e tomou entre as suas mãos grossas a perna dorida e depois, finalmente, ordenou à criança que dormisse:

– Amanhã estará tudo bem – disse ele.

Depois, virando-se para Alexandra, que já caía de joelhos, disse:

– Acreditem nas minhas orações e o vosso filho irá viver.

Poderá ter sido coincidência ou efeito de um poder efectivo, mas a verdade é que, no dia seguinte, a criança estava melhor. O joelho desinchava... E Alexandra, semilouca de alegria, sacudida por um choro libertador, deixaria de ser senhora de si para não ver o mundo a partir de agora senão através dos olhos do *staretz*, do homem de Deus que curara o seu filho. Muito rapidamente, ela seria apenas um instrumento nas suas mãos grossas... e, com ela, toda a Rússia.

O favor extraordinário que Rasputine logo obteve tornou-se conhecido de Sampetersburgo e espalhou-se a toda a mecha, graças em grande parte aos relatos da grã-duquesa Anastácia e da sua irmã Militza. Depois, ultrapassando a capital de

Um camponês vindo de Tobolsk

Pedro, *o Grande*, a notícia chegou a Moscovo e às outras cidades da Santa Rússia.

Em breve a casa do "santo homem" ficou cercada, de dia e de noite, por uma multidão de doentes e outros solicitantes. Carregados de presentes, aglomeravam-se na antecâmara do grande apartamento, situado no número 64 da Rua Gorokhovaia, onde Rasputine se instalou em companhia de uma parente, Dounia, que lhe cuidava da casa e encaminhava os visitantes. Muitas vezes esperavam em fila mesmo na rua, mas tratava-se mais de jogo de influências do que de curas.

O czar e a czarina, "tão inacessíveis como o micado no seu templo-palácio" – como lhes censurara um dia o grão-duque Sérgio –, não o eram para este camponês grosseiro. Mais do que isso, ele orientava-os. Os desejos de um *mujique* imundo tinham força de lei e se, por vezes, os seus conselhos, usando de algum bom senso popular, podiam trazer algum alívio à vida bem difícil do povo russo, na maior parte, Rasputine ocupava-se a distribuir favores, lugares e pensões a quem lhe agradava ou a quem pagasse mais, a menos que fosse afinal pelos favores de uma mulher que soubera seduzi-lo. Houve, por isso, uma corrida à sua casa e nenhum ministro estava seguro de manter o seu lugar ou a sua pasta, a menos que mantivesse as melhores relações com o *staretz*.

Mas os solicitantes não eram os únicos habitantes do apartamento perfumado com manteiga rançosa e sopa de couves. Na sala de jantar, que se seguia à antecâmara, aglomeravam-se visitantes de nomeada, sobretudo mulheres.

As senhoras juntavam-se em volta do samovar, levadas pela curiosidade ou por uma devoção obscura. Pretendiam ver nele sobretudo um santo, apesar das práticas religiosas estranhas a que se entregava e para as quais as convidava a participar.

Assim, quando acabava o seu dia, Rasputine reunia as suas ovelhas privilegiadas, instalava-se numa cadeira de baloiço,

223

Tragédias Imperiais

enquanto Dounia cuidava do samovar, e bebia o seu chá cavaqueando com todas aquelas senhoras. Depois de tragada a última gota, quase todas as vezes atraía a si uma das visitantes, sempre jovem e bela, punha sobre ela a sua grande mão de unhas negras e sussurrava:

– Vem minha pombinha. Vem comigo.

E enquanto o resto da assistência entoava um cântico, ele levava a eleita do dia para a sala vizinha e fechava-se com ela para uma entrevista de carácter íntimo sobre um cerimonial no qual é preferível não nos determos...

O homem que não sabia morrer

Porém, vinha demasiada gente ao número 64 da rua Gorokhovaia e gente demasiado diversa para que as estranhas práticas religiosas do seu locatário principal não gozassem de uma certa publicidade. Corria o rumor em Sampetersburgo de que mais de uma grande senhora – e até, por vezes, algumas de condição muito alta – ficara a conhecer o pequeno leito de ferro de Rasputine.

Dizia-se também que algumas mães fanáticas, enfeitiçadas e fascinadas pelo *staretz*, mas não suficientemente belas para obter os seus favores, não hesitavam em levar até ele as suas jovens filhas, se tivessem a infelicidade de ser belas... e virgens, o que, aos olhos do "santo homem", conferia um valor suplementar a este novo género de sacrifício.

Por isso, pouco a pouco, começou a levantar-se uma cólera surda em todos estratos masculinos da sociedade, não obstante as diferenças de classe, contra o homem que entregava assim a Rússia à corrupção e ao deboche, devido unicamente ao facto de ter nas suas mãos imundas um casal de soberanos surdos, cegos e de uma credulidade exasperante.

Quando se iniciou a guerra de 1914-1918 e com ela as primeiras derrotas sofridas pelo exército russo, alguns pensaram

Tragédias Imperiais

que era mais do que tempo de passar à acção e tentar remediar este estado de coisas.

Em Dezembro de 1916, enquanto atrás de portas fechadas, de janelas barricadas e no fundo de caves fermentava lentamente o vinho vingador da Revolução, a situação militar atingia o seu ponto mais crítico. No entanto, Nicolau II não reagia, opondo uma inércia que se baseava apenas na sua consciência singular do estatuto que tinha e dos deveres de todos para com um soberano que se considerava absoluto. Parecia ter perdido qualquer capacidade de reacção e todo o bom senso. A sua atitude era tal que um rumor estranho corria pela cidade e pela Corte: dizia-se que Rasputine, por intermédio da czarina, lhe administrava drogas que lhe aniquilavam a vontade para o levar a abdicar a favor do filho. Ora, como este era demasiado novo para reinar, Alexandra Feodorovna, tornada regente, faria do seu indispensável *staretz* uma espécie de czar oculto e o verdadeiro senhor da Rússia. Disso tinham os membros da família real uma consciência clara, mas não queriam que acontecesse de forma alguma.

Foi assim que, numa noite deste mesmo mês de Dezembro de 1916, cinco homens se reuniram na biblioteca de um faustoso palácio do cais da Moika. Eram o príncipe Félix Yusupov, senhor da casa, o seu primo, o grão-duque Dimitri, ele mesmo primo coirmão do czar, o deputado Purichkevich, o doutor Lazovert e o capitão Sukhotine.

Lá fora a cidade enregelada dormia sob uma camada de neve, mas no interior as grandes salamandras de faiança mantinham um calor agradável. O fumo odorífero dos charutos azulava a atmosfera e misturava-se com o odor das bebidas francesas. No entanto, os cinco homens reunidos nesta sala sumptuosa não se encontravam ali para gozar os requintes, mas para decidir a morte de um homem...

226

O homem que não sabia morrer

Todos odiavam Rasputine por diversos motivos e todos estavam decididos a desembaraçar a Rússia da sua presença, porque o povo morria de fome e a guerra dizimava a juventude, enquanto o bando de incapazes que foi instalado naquele poder aparente, por influência do *staretz*, arrastava cada vez mais o país para o abismo.

Alguns deles tinham, para além disso, razões de queixa pessoais. O impudor do homenzinho já não conhecia limites e não havia nenhuma mulher de boas famílias nem nenhuma jovem com alguma beleza que se pudesse sentir ao abrigo das suas investidas. Dizia-se mesmo que manifestara a pretensão de levar até à sua cama a bela e orgulhosa grã-duquesa Irene, que se tornara há pouco a mulher de Yusupov.

Este era, bem entendido, um dos que dirigia a reunião.

— Só posso relatar-vos — dizia ele — as palavras do presidente da Duma, Rodzianko. Avisava ele ontem: "A única possibilidade de salvação é matar este miserável, mas não se encontra um só homem na Rússia que tenha coragem para o fazer. Eu, se não fosse tão velho, encarregar-me-ia disso."

— A idade não tem nada a ver com o assunto — disse o grão-duque, encolhendo os ombros. — Rodzianko é igual aos outros: tem medo.

— É esta a razão por que penso que esta tarefa nos incumbe — retomou Yusupov. — Devemos ser nós a libertar a Rússia do opróbrio.

— Estou completamente de acordo consigo, mas Rasputine é esperto. Sabe bem que o odiamos e, por isso, protege-se. Apanhá-lo numa armadilha não é assim tão fácil.

— Depende. Saibam os senhores que este pedante me honra há algum tempo com uma predilecção lisonjeira e que pede, há muito, o prazer de visitar esta casa. Porque não tirar partido disso?

As razões da atracção que Félix Yusupov exercia sobre o *staretz* eram muito mal conhecidas. O encanto da grã-duquesa

Tragédias Imperiais

Irene era, com certeza, um factor muito importante, mas a personalidade característica do príncipe talvez tivesse também o seu peso. A beleza exercia sobre este estranho santo homem uma atracção irresistível e poucos homens se poderiam vangloriar de serem tão belos como este jovem príncipe em quem se encontravam reunidas todas as perfeições físicas e todas as qualidades de uma grande raça. Se havia, de facto, alguém que o pudesse atrair a uma armadilha era ele e só ele.

Decidiu-se, portanto, aproveitar a hipótese. Construiu-se um cenário onde nada deveria ser deixado ao acaso e, sob o pretexto de o trazer a sua casa para beber um copo na sua companhia e na da mulher, Yusupov iria uma noite buscar Rasputine. De qualquer forma, o estratagema iria resultar, pois há muito que Rasputine pressionava o príncipe, sem dúvida para se poder desta forma aproximar da orgulhosa Irene.

– Quando ele chegar – explicou o príncipe –, mandá-lo-ei para a sala de jantar sob o pretexto de que a minha mulher está no primeiro andar a receber uns amigos prestes a retirarem-se. A sala terá o aspecto de quando os convivas acabam de deixar a mesa, mas sobre ela ficarão coisas suficientes para tentar a gulodice do meu convidado. Cabe-nos fazer com que essas gulodices sejam as últimas...

E assim, na noite de 29 de Dezembro, os conjurados encontraram-se no palácio da Moika para preparar o cenário do assassínio.

Sobre uma mesa atoalhada de renda e coberta de prataria e de flores, foram dispostos quatro talheres na desordem característica do fim de uma ceia. Depois colocaram-se pratos de bolos encetados de duas espécies: uns tinham creme cor-de-rosa, de que o *staretz* gostava especialmente, e outros de chocolate. Algumas garrafas de vinho semivazias completavam a decoração. Era vinho da Madeira e da Crimeia.

228

O homem que não sabia morrer

O doutor Lazovert enfiou umas luvas de borracha, tirou do bolso uma garrafa hermeticamente fechada e depois, com uma faca, abriu ao meio os doces cor-de-rosa, tendo bastante cuidado para não os danificar. Feito isso, salpicou as metades inferiores com cianeto de potássio, voltou a fechar os doces, mas cortou um deles, de que deixou algumas migalhas num dos pratos. Noutro, deixou um dos doces de chocolate de que comeu metade, tendo o cuidado de deixar neles bem visíveis as marcas dos seus dentes. Por fim, tirou as luvas e lançou-as ao lume.

Entretanto, o príncipe Félix tirara do seu gabinete dois frascos que continham uma solução de cianeto que passou a Purichkevich com a missão de vazá-la até ao meio em dois dos quatro copos que se encontravam na mesa. Devia fazê-lo exactamente vinte minutos depois de Yusupov ter partido para casa de Rasputine.

Incumbida a tarefa, partiu. Era tempo de passar à acção.

Para deixar os criados fora do assunto, Yusupov mandara-os deitar e foi o doutor Lazovert, disfarçado de motorista, que subiu para o assento da luxuosa limusina em que o príncipe tomou lugar. Dirigiram-se então para a Rua Gorokhovaia...

Rasputine deixou-se conduzir sem qualquer desconfiança. A perspectiva de passar uma alegre noite íntima com o seu amigo Félix e a inacessível, mas tão bela, Irene e não estando afastada a hipótese de um marido complacente lha entregar como sobremesa (já presenciara o caso com muitos outros!...) deixou-o de bom humor. Mostrou-se afectuoso e mesmo expansivo. Mas ao chegar ao vestíbulo do palácio franziu o sobrolho, ao ouvir barulho de vozes e o eco de uma canção americana reproduzida pelo gramofone.

– O que é isto? Têm aqui uma festa? Pensava que estaríamos sós...

– Não é nada. A minha mulher recebeu uns amigos. Estão no salão do primeiro andar, mas vão sair daqui a pouco.

Tragédias Imperiais

Vamos para a sala de jantar e, enquanto esperamos que se despeçam, vamos tomar um chá para matar o tempo.

Foram então para a sala de jantar, uma grande divisão baixa, no rés-do-chão, que se encontrava no estado que já sabemos. Rasputine olhou para os móveis, a decoração e as peças de prata, mas recusou de início beber vinho.

– Convidaste-me para um chá. Prefiro chá – disse ele ao seu desapontado anfitrião, que se considerou a si mesmo um imbecil. Mas recuperou a coragem ao ver que, uma vez servido o chá, Rasputine aceitou de bom grado uma fatia de bolo cor-de-rosa, depois outra... e depois uma terceira.

Yusupov sustinha a respiração, esperando ver a qualquer instante o *staretz* cair-lhe aos pés, fulminado pelo veneno. Contudo, nada se passou. Sem parecer minimamente incomodado, o estranho homenzinho continuou a falar muito, gabando sem parar os seus próprios méritos e a excepcional protecção com que o Senhor Deus o honrava.

Porém, como o chá não conseguiu satisfazer-lhe a sede, que era grande, pediu vinho. O príncipe vazou vinho da Crimeia num dos copos que já continham cianeto e estendeu-lho. Rasputine bebeu até à última gota... e permaneceu de pé.

– Não te sentes bem? – perguntou o príncipe ao vê-lo dirigir a mão à garganta.

– Não é nada. É só uma ligeira impressão na garganta. Mas dá-me antes vinho da Madeira. Gosto de Madeira.

Foi-lhe oferecido um novo preparado de cianeto e Madeira, que tragou com o mesmo prazer que o vinho da Crimeia e sem mostrar o mínimo mal-estar. O suor começava a perlar a testa de Yusupov. Rasputine bebia e comia iguarias que teriam morto vários cavalos e nem sequer parecia incomodado... Quem era este homem? Félix lutava contra o louco impulso de fazer o sinal da cruz... E o tempo ia passando.

O homem que não sabia morrer

– O que está então a tua mulher a fazer? – interpelou o *staretz* impaciente. – Dir-se-ia que se faz esperar muito tempo.

– Vou ver o que se passa – retorquiu o príncipe, felicíssimo com este pretexto que lhe era proporcionado para se furtar por um instante àquela cena alucinante, porque, apesar da sua coragem, sentia-se asfixiar perante aquele homem que se recusava de forma tão prodigiosa a morrer.

Correu para o andar onde os outros quatro o esperavam e, com a voz entaramelada, contou-lhes o que se passava.

– No entanto, a dose era enorme – afirmou o doutor. – Já a tomou toda?

– Toda! O que devo fazer?

– Descer. O veneno deverá acabar por ter efeito, mas se dentro de cinco minutos não acontecer nada venha até aqui. Decidiremos em conjunto o que fazer.

Todavia, Yusupov sentia-se incapaz de suportar durante mais tempo aquela terrível conversa a dois. Decidiu acabar ele mesmo com tudo. De facto, a noite avançava e não se podia correr o risco de, já dia feito, se encontrar o cadáver de Rasputine no seu palácio. Pegou numa pistola, carregou-a, escondeu-a sob a blusa de seda e voltou à sala de jantar.

Rasputine queixava-se então de uma sensação de queimadura no estômago. Pediu mais Madeira, que disse ser melhor do que o primeiro, e, finalmente, ergueu-se para ir examinar um pequeno móvel que lhe agradava. Então, como lhe virasse as costas, Yusupov tirou a pistola e disparou. Com um "rugido selvagem", o *staretz* acabou por cair sobre o tapete.

Atraídos pelo disparo, os outros conjurados acorreram e viram Rasputine estendido no chão sem se mexer. Não se via nenhum vestígio de sangue. A hemorragia deveria ter ido interna.

Tragédias Imperiais

Lazovert ajoelhou-se junto do corpo para o examinar. A bala atravessara a região do coração.

– Desta vez está morto – disse ele. – Falta apenas fazer desaparecer este incómodo cadáver...

Decidiram que o grão-duque e o doutor fingiriam para os transeuntes acompanhar Rasputine a casa. O seu papel seria desempenhado por Sukhotine e seria tudo feito com o máximo estardalhaço possível, após o que voltariam os dois em separado para ajudar a levar o corpo até ao Neva.

Depois de terem partido, Yusupov e Purichkevich ficaram a sós com o cadáver. O segundo debruçou-se, pegou no punho de Rasputine e procurou-lhe o pulso. Já não se sentia.

– Está mesmo morto – disse, saindo para ir buscar charutos ao gabinete de trabalho.

Foi então que o príncipe pensou que ia enlouquecer, porque, assim que ficou sozinho com o cadáver, este abriu um olho, depois o outro, pôs-se de pé e, com o olhar cheio de ódio, lançou-se sobre o jovem para o estrangular. Com um grito de terror, Yusupov evitou as suas mãos assassinas, saiu da sala a correr e lançou-se pela escada, chamando por Purichkevich, que logo acorreu, armado de um revólver.

O deputado, com os cabelos em pé com o terror, viu o cadáver sair do palácio e lançar-se pelo pátio cheio de neve. Então atirou, mas falhou a grande silhueta, que não abrandou. Uma segunda bala não teve mais sorte, mas a terceira atingiu Rasputine na coluna vertebral. Deixou de correr, mas não caiu, ficando de pé como que petrificado. Com uma raiva desesperada, Purichkevich fez fogo uma quarta vez. A bala atingiu-lhe a cabeça... e desta vez Rasputine caiu para não mais se levantar.

Já era tempo. Os dois actores desta cena alucinante estavam também a ponto de soçobrar.

O homem que não sabia morrer

Uma hora mais tarde, os três outros conjurados, que haviam regressado, levaram o cadáver do *staretz* até à ilha Petrovski. As águas geladas do Neva fecharam-se para sempre sobre ele. Mas já era tarde para travar a marcha da história. Nada mais podia salvar o regime czarista...

A casa Ipatiev

A notícia da morte de Rasputine foi acolhida de variadas maneiras em Sampetersburgo. Entre o povo, houve fortes manifestações de alegria e sobretudo nos teatros a efervescência da multidão atingiu grandes proporções. Os retratos de Félix Yusupov e do grão-duque Dimitri foram expostos. Os membros da família real exultaram, mas a imperatriz, prostrada de dor, manifestou uma sede de vingança que ergueu contra ela uma nova onda de hostilidade.

O czar regressou a Czarskoye Selo, vindo do quartel-general dos exércitos de Mohilov, para o serviço fúnebre que Alexandra decretou em honra do seu favorito e, por influência desta, foram tomadas mediadas severas contra os principais assassinos. Yusupov foi exilado para a mais longínqua das suas terras; quanto ao jovem grão-duque Dimitri, enviaram-no para um dos lugares mais insalubres da Pérsia, apesar dos protestos e das lágrimas da família imperial...

A atmosfera à volta dos soberanos tornou-se de tal forma agitada que o embaixador da Inglaterra, Sir George Buchanan, pediu uma audiência a Nicolau II para lhe suplicar que moderasse as suas atitudes autocráticas e favorecesse um governo semiconstitucional que pudesse partilhar com ele a responsa-

Tragédias Imperiais

bilidade de terminar aquela guerra desastrosa. De facto, as tropas russas, mal alimentadas, mal vestidas, mal treinadas, caíam como moscas, apesar da sua coragem, e embora dessem o melhor de si para resistir ao avanço alemão, os bolcheviques fizeram explodir as fábricas de munições de Kazan.

A Revolução conduzida por Lenine e Trotsky erguia-se por todo o país. O exército já não estava seguro, como observou o embaixador, tentando fazer com que o czar compreendesse que, se ocorressem tumultos, não poderia contar senão com um reduzido número de defensores.

Perdeu a sua oportunidade. Nada podia contrariar a influência de Alexandra, resolvida a exigir ao marido que combatesse até ao fim para manter uma autocracia que pertencia a séculos passados, mas a que se apegava. Por outro lado, demasiado absorvida pelo seu desgosto, parecia que não tinha qualquer pressentimento, qualquer ideia do que se preparava.

A 19 de Fevereiro, o grão-duque Miguel foi ao palácio suplicar ao irmão que regressasse ao quartel-general. Pensava que só a presença do soberano poderia apaziguar as graves ameaças de revolta que se anunciavam.

Nicolau II resignou-se a isso com dificuldade, porque também em Sampetersburgo rebentava a revolta e fora necessário recorrer aos Cossacos, que carregaram sobre a multidão. De facto, a falta de víveres exasperava a população, mas em Czarskoye Selo, a residência imperial, ninguém, e a imperatriz ainda menos, parecia dar-se conta da gravidade da situação.

Para ela só contava uma coisa: eclodira um surto de sarampo nos seus filhos e, abandonando a função de soberana, Alexandra passou a ser apenas uma mãe inquieta a fazer de enfermeira.

No entanto, não passou muito tempo até que Nicolau II regressasse aos exércitos. A 2 de Março foi obrigado a abdicar em seu nome e no do filho. Fê-lo a favor do seu irmão, o grão-

A casa Ipatiev

-duque Miguel, que renunciou a governar logo no dia seguinte, ao saber que o novo regime, o dos progressistas radicais e dos outubristas, presidido pelo príncipe progressista Lvov, considerava ilegal a sua nomeação. Desta vez, o regime czarista caía definitivamente.

Foi por intermédio do grão-duque Paulo que a imperatriz tomou conhecimento da terrível notícia. Ora, desde esse momento, operou-se uma extraordinária transformação naquela mulher estranha, que não soubera ser grande no auge do seu poder e que o foi no auge da sua desventura.

Embora jorrassem lágrimas dos seus olhos, suportou o golpe com uma grande dignidade e não teve uma palavra de lamento pelo estatuto que acabava de perder.

– Já não sou uma imperatriz – disse ela –, mas sou ainda uma irmã da caridade e é apenas nessa qualidade que desejo ser tratada.

Regressou assim para a cabeceira dos seus filhos doentes e também para a da sua amiga íntima, aquela Anna Viroubova que amava mais do que todas, não obstante o seu mau génio, e que estava igualmente com sarampo.

Não podemos, por isso, deixar de comparar Alexandra com Maria Antonieta. Nem uma nem outra souberam ser soberanas, mas quer uma quer outra souberam ser mártires.

Os dias que se seguiram foram de angústia e de agonia moral para esta mulher que já não sabia nada do marido e temia a todo o instante que lhe dissessem que fora assassinado. Por outro lado, estava só, ou pouco faltava. O palácio esvaziara--se como que por magia e só permaneceram alguns raros fiéis: o velho conde Benkendorf, o doutor Botkine, que iria seguir até ao fim e até à sua própria morte o calvário da família imperial, duas damas de honor e um único ajudante de campo do imperador, o conde Zamoyski... um polaco que até então Alexandra tratara muito mal.

Tragédias Imperiais

A rede fechava-se pouco a pouco. Passados alguns dias, a imperatriz ficaria presa no seu próprio palácio e sem o direito de comunicar com os seus raros amigos. Foi então que Nicolau II, também ele preso, se lhe reuniu para partilhar a sua sorte.

Quando se voltaram a ver, Nicolau caiu, chorando, nos seus braços e Alexandra não pensou senão em reconfortá-lo e ajudá-lo, a ele que estava agora tão desarmado. A conduta dela foi apenas de submissão à vontade divina: nunca lhe ouviram uma queixa, nem sequer autorizar o mínimo mur-múrio aos que a rodeavam, os quais constituíam um grupo muito restrito, porque nem o próprio grão-duque Miguel conseguiu obter autorização para ver o irmão.

Depois seguiram-se as afrontas, os insultos, as grosserias oportunistas dos guardas, que ainda ontem rastejavam na sua presença... tudo suportado de cabeça levantada e com uma coragem invulgar.

Por intermédio de Sir George Buchanan, o governo britânico – talvez um pouco tarde – ofereceu asilo ao czar deposto, mas o governo do príncipe Lvov recusou, afirmando que não se sentia com poder suficiente para garantir que os prisioneiros poderiam chegar sãos e salvos a Inglaterra, porque os operários ameaçavam arrancar os carris à passagem do comboio que os levaria.

A segurança da família imperial foi o pretexto alegado para a fazer abandonar Czarskoye Selo e destinar-lhe outra resi-dência. Foi... em Tobolsk, na Sibéria, Tobolsk, a pequena cidade sinistra e glacial donde viera o desastroso Rasputine. Escolheram-na como se naquele império imenso não houvesse outro lugar senão a terrível Sibéria.

Em plena noite, no mês de Agosto, o czar e a família dei-xaram o seu palácio para não mais lá voltar: era o fim de uma história cujo primeiro capítulo começara há muito tempo.

A casa Ipatiev

O Inverno em Tobolsk foi duro. As cartas da czarina para Ana Vyroubova dão uma ideia:

"Tricoto meias para o pequeno. Pediu-me um par, porque todas as que tem estão com buracos. As minhas são quentes e espessas como as que eu dava aos feridos, recorda-te? Agora, faço tudo eu mesma. As calças do Pai estão desfeitas e passajadas, a roupa das pequenas em farrapos. Não é horrível?"

Mas Tobolsk não passava da penúltima etapa. Na Rússia, tudo mudava a uma velocidade aterradora. Ao governo do príncipe Lvov sucedera o governo de Kerensky, que durara até Outubro de 1917. No entanto, em Outubro, Lenine, refugiado desde Março na Alemanha, onde obtivera asilo e donde pudera formar os primeiros sovietes, na Alemanha, onde se tornara agente inspirado pelo seu ódio ao regime czarista[6], Lenine, dizíamos, regressou. Derrubou Kerensky e desde então passou a ser ele o senhor! Era um dirigente ainda mais implacável pelo facto de se ter formado um exército branco que reagrupava os partidários do czar: os generais Krasnov e Mamontov tinham sublevado os Cossacos, Denikine, Alexeiev e Kornilov o Cáucaso do Norte, Wrangel preparava-se para fazer o mesmo nas fronteiras da Polónia e, na própria Sibéria, o almirante Koltchak tinha organizado um exército.

Foram as movimentações deste exército e o ódio de Lenine que levaram o governo bolchevique a forçar a família imperial a sair de Tobolsk para a transferir para Ekaterinenburg, tendo chegado metade a 30 de Abril e outra metade a 23 de Maio.

---

[6] Testemunho do general alemão Ludendorff: "O nosso governo, ao enviar Lenine a Moscovo, ficou com uma pesada responsabilidade. Esta viagem justificava-se do ponto de vista militar: era necessária para que a Rússia fosse deitada a baixo [...]"

Tragédias Imperiais

Seguiram-na algumas pessoas fiéis que se tinham reunido em Tobolsk, mas, na sua maioria, foram brutalmente rejeitadas.

A casa Ipatiev, que pertencia a um rico mercador da cidade, era uma habitação espaçosa, branca, de dois andares e de estilo pretensioso. Era muito confortável, mas mobilada com uma absoluta falta de gosto. Estava rodeada por um jardim estreito, que em breve desapareceu dos olhares exteriores, porque construíram em volta da casa uma dupla paliçada de madeira, flanqueada por guaritas, que fez dela um verdadeiro campo entrincheirado (53 guardas tinham a missão de vigiar este pequeno grupo de pessoas).

O que foram os três meses que esta infeliz família teria ainda de viver, os testemunhos reunidos depois e levados ao conhecimento do público pelo escritor Miguel de São Pedro dão deles a imagem mais clara e mais pungente. Desabou sobre este homem doce e silencioso, sobre esta mulher orgulhosa e muda e sobre estas cinco crianças cheias de encanto e infinitamente enternecedoras as pior rudezas.

Olga, a mais velha das grã-duquesas, tinha já 22 anos, Tatiana tinha 20, Maria 18 e Anastácia, a mais nova, 16. Quanto ao pequeno *czarevich* Alexis, de 14 anos, estava doente e sofria tanto das pernas que era preciso transportá-lo na maior parte do tempo, tarefa de que se encarregavam o pai e o fiel marinheiro Nagorny, que lhe era dedicado e não o deixava nunca.

Um dos guardas, Proskuriakov, traçaria de tudo isto o seguinte quadro:

"Os prisioneiros levantavam-se de manhã às oito ou nove horas e rezavam em conjunto. Reuniam-se no mesmo quarto e cantavam juntos. O almoço era às três horas. Comiam todos na mesma sala com os criados à sua mesa. Às nove horas da noite, tinha lugar a ceia e o chá e depois iam-se deitar. O dia

240

A casa Ipatiev

era passado da seguinte forma: o czar lia e a imperatriz lia também ou bordava com as filhas. Não lhes era permitido qualquer exercício físico ao ar livre... Benjamin Saphonov começou a entregar-se a pesadas grosserias. Não havia senão uma casa de banho para toda a família imperial. Saphonov escrevia indecências à volta dessa casa de banho. Uma vez subiu pela paliçada, exactamente debaixo das janelas, e pôs-se a cantar canções obscenas. André Strekotine desenhou caricaturas grosseiras nos quartos de baixo [...]"

Um outro depoimento dizia o seguinte:

"Avdeiev [o homem encarregado de dirigir esta casa medonha] comportava-se de uma forma repugnante. Os criados e os comissários comiam à mesma mesa que Suas Majestades. Um dia, Avdeiev, que assistia a uma das refeições, mantinha o seu capacete na cabeça e fumava um cigarro. Como estavam a comer costeletas, pegou no seu prato e serviu-se, passando o braço entre Suas Majestades. Colocando uma costeleta no seu prato, dobrou o braço e atingiu o imperador no rosto com o cotovelo.

"Quando as grã-duquesas iam ao quarto de banho, encontravam uma sentinela que lhes dirigia pilhérias grosseiras, perguntando-lhes onde iam e porquê. Depois, uma vez lá dentro, o guarda encostava-se à porta [...]"

O marinheiro Nagorny relatou:

"Suas Majestades eram grosseiramente tratadas. Suportavam um regime aterrador e todos os dias piorava. De início concederam-lhe vinte minutos para passear, mas depois esse tempo foi diminuindo até aos cinco minutos. Não era permitido fazer exercício físico. O *czarevich* estava doente [...]. A atitude dos guardas era particularmente ignóbil para com as grã-duquesas. Estas jovens não podiam ir ao quarto de banho sem um guarda vermelho. À noite, eram obrigadas a tocar piano [...]."

Tragédias Imperiais

Esta clausura aflitiva, numa dolorosa promiscuidade, ter-se-ia talvez prolongado se as notícias não se tivessem tornado subitamente inquietantes para os algozes do último czar e da sua família: os Brancos chegaram aos Urais e aproximavam-se desta cidade de Ekaterinenburg. Então...

Então, na noite de 16 para 17 de Julho de 1918, entre a meia-noite e a uma da manhã, quando todos dormiam na casa Ipatiev, um grupo de homens armados invadiu-a, tendo à cabeça o comissário Yuruvski, chefe dos policias locais.

Acordaram imediatamente os prisioneiros, aos quais deram ordens de descer para uma pequena sala no subsolo, uma cave estreita e nua... Aí se reuniram o czar, que levava o filho nos braços, a czarina, as quatro grã-duquesas, o doutor Botkine, a fiel criada de quarto Demidova e dois criados.

Os algozes estavam sem dúvida com pressa, porque, mal Nicolau II entrara, Yuruvski apontou-lhe o seu revólver.

– Os vossos quiseram salvar-vos, mas não conseguiram e nós somos obrigados a fuzilar-vos.

Ao dizer isto, apertou o gatilho. O czar caiu como um peso morto, enquanto à sua volta os disparos crepitavam, abatendo impiedosamente dez pessoas adultas e uma criança doente.

Quando a fuzilaria acabou, só uma das grã-duquesas respirava ainda: a pequena Anastácia. Acabaram com ela com um golpe de baioneta...

Depois, sem perderem um instante, transportaram os onze cadáveres para um camião que os levou para uma clareira da floresta de Koptiaki, a cerca de 25 *verstes* da cidade[7]. Ali, os corpos foram despidos, desmembrados, regados com ácido sulfúrico e benzina antes de lhes lançarem fogo. O que restou

---

[7] A *verste* equivale aproximadamente a um quilómetro.

A casa Ipatiev

deles foi lançado num poço de uma mina cheia de água, juntamente com as cinzas dos seus fatos e os despojos que resistiram ao fogo...

Alguns dias depois, os Brancos recapturaram Ekaterinenburg. Alguns dias tarde de mais!

Quatro anos depois, Lenine, hemiplégico, deixava o lugar de secretário-geral do Partido a Estaline.

ÍNDICE

DEPOIS DE WATERLOO...

As últimas rosas de Malmaison 13

CHAMAVAM-LHE "SISSI"...

Sissi e o casamento 29
Sissi e o Xá da Pérsia 49
Sissi e o Dominó Amarelo 59
Sissi e Catarina Schratt 69
Sissi e a maldição 79

A COROA SANGRENTA DO MÉXICO

O Romance Trágico de Carlota e Maximiliano 93
   A volta à Europa por um Arquiduque 93
   27 de Julho de 1857 108
   Visitas de despedida 113
   O drama mexicano 120

DUAS VÍTIMAS DE MAYERLING

A esposa de Rodolfo, Estefânia da Bélgica 137
O primo de Rodolfo, João Salvador, Arquiduque da Áustria, Príncipe da Toscana 153

IMPERADORES DA ALEMANHA...

O amor romântico de Guilherme I 173
Cem dias para o Imperador Frederico III 191

A ÚLTIMA CZARINA

Um casamento inesperado 207
Um camponês vindo de Tobolsk 217
O homem que não sabia morrer 225
A casa Ipatiev 235